Collection
« **GRIMOIRES et MANUSCRITS** »

Régis Volle

ARDÈCHE
Nouvelles – Tome 2

Régis Volle

ARDÈCHE
Nouvelles – Tome 2

© 2025, Régis Volle
ISBN : 978-2-3225-7284-7 – Dépôt légal : février 2025

Édition : BoD · Books on Demand, 31 avenue Saint-Rémy, 57600 Forbach, bod@bod.fr
Impression : Libri Plureos GmbH, Friedensallee 273, 22763 Hamburg (Allemagne)

Le code de la propriété intellectuelle interdit les copies ou reproductions destinées à une utilisation collective. Toute représentation ou reproduction intégrale ou partielle faite par quelque procédé que ce soit, sans le consentement de l'auteur ou de ses ayants droit ou ayants cause, est illicite. Et, constitue une contre façon sanctionnée par les articles : L 335-2 et suivants, du Code de la propriété intellectuelle.

SOMMAIRE

Remerciements 9
Petite histoire à la Tour Huguenaude que la Grande Histoire ne raconte pas 11
    Chapitre 1 13
    Chapitre 2 21
    Chapitre 3 37
    Chapitre 4 43
    Chapitre 5 49
    Chapitre 6 59
Les croisés de Montpezat-sous-Bauzon 71
    L'auteur 79

Remerciements

Mes vifs remerciements pour l'aquarelle de la couverture à GODESLI, aquarelliste, croqueur-dessinateur.

Merci à Alain Dautriche pour son peaufinage du texte et sa lucidité.

Et bien-sûr, merci à Patricia Panneullier, mon assistante en autoédition (joli mot pour dire que c'est elle qui fait le boulot), toujours prête à supporter et modérer mes idées parfois un peu extravagantes.

Petite histoire à la Tour Huguenaude
que la Grande Histoire ne raconte pas

Chapitre 1

En ce temps-là, je vous parle du tout début du XVIIe siècle, alors qu'elle était achevée depuis peu, la Tour Huguenaude d'Aubenas semblait attirer les curieux, les badauds, les musardeurs, et les fâcheux me direz-vous ? Certes, ceux-là aussi existent, mais comme ce sont des indécrottables en tout, inutile d'en parler. En effet, généralement, ils n'apportent que niaiseries, jobarderies et, globalement, un puissant béotisme. Non, je préfère vous parler des faux curieux, de ceux qui ont un réel intérêt à venir y flâner.

Pourtant, il faut bien avouer que cette Tour, en tant que bâtisse, n'a rien d'extraordinaire. Elle n'est ni grande, ni grosse, ni même dotée d'une agréable ou particulière architecture. Hormis dominer la route de Vals, elle n'a guère d'autre utilité que d'afficher durablement la fin de la guerre entre catholiques et protestants. Mais… oui, n'oublions pas qu'il existe de petites conjonctions qu'il ne faut surtout pas balayer d'un revers de la main ni ignorer dédaigneusement.

Benoît des Roches en est un parfait exemple. Fouinard par excellence, quelle qu'en soit la raison, il furète et trouve beaucoup plus souvent et plus rapidement que tous les enquêteurs de métier reconnus comme bons par leurs pères. Ne vous arrêtez pas à sa particule, car de vraie et juste, elle n'a rien. Si je me souviens bien, elle vient d'une moquerie qui toujours lui restera après qu'il voulut vendre un gros tas de cailloux comme étant les roches d'un château à ce jour démoli. Mais, comme personne n'a jamais accepté de l'en débarrasser, même sans en débourser un écu, il dut payer une taxe d'occupation du sol et partir ventre à terre pour ne pas être emprisonné vu que d'argent, il n'avait pas la moindre piécette. Toutefois, aujourd'hui, et globalement depuis qu'il œuvre dans les affaires dont il ne faut pas parler, il se trouve être largement aisé. Le voilà devenu propriétaire d'une maison qui, sans être une maison de maître, occupe plus d'espace qu'il en a besoin. Comme il n'a ni femme ni enfant, chaque jour, une robuste servante vient s'occuper de son intérieur. Il l'a choisie forte en muscles et surtout pas en graisse afin qu'elle pût s'acquitter rapidement des tâches ménagères et du linge, car il veut aussi qu'elle lui prépare et mette à sa disposition de quoi bien se nourrir, quel que soit le moment. En effet, ses petites affaires ne lui permettent de manger que rarement à heures fixes.

Être bien nourri, bien habillé, être toujours propre et sentir bon, voilà l'indispensable afin de satisfaire la première impression du client potentiel. Ensuite, il faudra que l'éloquence soit au rendez-vous sans qu'elle ne soit ennuyeuse ni ne fasse perdre du temps. En effet, s'il y a une certitude que la vie a apprise à Benoît des Roches, c'est que le temps est toujours de l'argent, quelles que soient les circonstances dans lesquelles il s'écoule. Une fois le personnage bien en place, il faut maintenant qu'il fasse preuve de compétence. Pas seulement en apparence, mais en réalité. Pour se faire, il faut que la terre du savoir soit toujours bien travaillée et bien cultivée, car dans le domaine où il œuvre, il ne doit pas laisser supposer que tout est possible, mais le prouver… et pour cela, il doit présenter en référence un vécu riche d'exemples justes, vrais et vérifiables.

J'entends déjà vos propos marqués d'impatience : « Mais enfin, allez-vous nous dire, en quoi est-il si compétent, ce drôle d'oiseau ? » La réponse est simple. Dans tout ce qui est gênant, pénible et surtout qui doit rester secret. Vous voulez savoir avec qui votre femme vous trompe. Pourquoi le propriétaire du terrain que vous convoitez ne veut pas vendre ? Quel placement a permis à cet homme de devenir riche ? Comment vous protéger des hommes de main mandés par celui que vous avez fait cocu ? Comment trouver de l'argent sans délai ? Sans parler des problèmes dont il faut encore moins parler. Dans tous ces cas, il y a de fortes chances pour que Benoît des Roches vous apporte des solutions. Elles ne seront peut-être pas agréables à entendre, voire particulièrement désagréables à réaliser, il est même possible qu'elles vous transforment pour toujours en une personne peu recommandable… mais avec ce Benoît-là, il y a toujours une certitude : vous devrez débourser une belle somme, dont 70% avant que le travail n'ait commencé. Bien sûr, il arrive que le commandeur n'apprécie pas ce qu'il découvre, surtout lorsque les créanciers viennent toquer à sa porte. Aussi, il se peut qu'il ait l'étrange idée de refuser de payer les 30% restants… la conséquence ? S'il veut rester en vie, il lui faudra être un bon lutteur, un très bon épéiste et un excellent tireur, car le jour où la nature a généreusement distribué sa manne, Benoît des Roches n'est pas resté sous la tonnelle pour en être privé, soyez-en certain !

Comme tous les hommes, même les pires des pires, même ceux dont la noirceur d'âme est insondable, Benoît des Roches a un point faible. Aucun rapport avec sa famille, puisqu'il ne l'a pas connue. Est-ce avec une belle et agréable personne ? Non, dans ce domaine il préfère, et de loin, les passades sans lendemain. Un ami, un vrai ? Encore moins, car rien de pire que d'être trahi par une personne qui saurait tout de vous, et en qui vous auriez une totale confiance. Non, ne cherchez pas dans ce qui touche généralement le commun des mortels, car avec certitude vous ne trouverez pas ! En réalité, c'est une sensibilité, une étrange émotivité que peu, très peu de gens lui connaissent et, pour tout dire, je préfère laisser à penser qu'il y en a au moins une, alors que je suis prêt à parier que cela n'est pas le cas. Il s'agit des fruits. Nous aimons tous les fruits, mais pour lui, il n'existe pas de mot pour définir le plaisir que lui donne un bon fruit. De belles apparences, sucré, juteux et d'un goût prononcé… vous n'imaginez pas ce qu'il serait capable de réaliser pour le savourer. Quels obstacles il serait capable de surmonter pour le déguster. Le trajet qu'il serait capable d'arpenter pour s'en délecter. En première impression, vous penserez que cela n'a rien d'extraordinaire. Que cela est peut-être un peu excessif, mais pas plus… alors laissez-moi vous raconter le défaut de limites que cet excès a déjà généré en lui.

Un jour, un rustre en matière de fruits a jeté une pêche à peine entamée en les maudissant toutes de finir dans les affres de l'enfer. Pourquoi ? Parce que leur jus est toujours un peu collant et qu'il souille déplaisamment les mains. Benoît ramassa le pauvre fruit blessé et le déposa sur un rebord afin qu'il ne fût pas encore plus abîmé par ce qui allait se passer. Puis, il se présenta devant le responsable de ce sacrilège qui, pensant que cet inconnu voulait lui parler, ne se mit pas en garde. Sans prononcer un mot, par un coup de pied bien placé Benoît lui écrasa d'abord les prunes. Puis, considérant que ce n'était pas suffisant, il lui assena un puissant marron sur le nez et il termina son action vengeresse par un coup sec donné du tranchant de la main sur sa gorge, ce qui laissa à penser qu'il avait avalé de travers une noisette. Satisfait de la justice qu'il venait de rendre, sans que procès n'ait été tenu, il s'éloigna sans hâte, laissant sur place le mauvais qui, désespérément, cherchait un peu d'air tandis que ses mains serrées sur ses parties intimes ne les protégeaient en rien de la douleur qui le laissait plié en deux.

Les paroles qui voletèrent de bouche à oreille racontèrent que l'indélicat à destination des fruits en mourut en quelques heures. Mais comme le dirent si bien, et avec conviction, tous ceux qui furent témoins de la scène : « désolé, nous n'avons rien vu ! », Benoît des Roches ne fut donc pas inquiété.

En cette fin d'après-midi, à moins de vingt mètres de la Tour, Benoît fait les cent pas. Contrairement aux habitués que l'on rencontre dans le secteur, il n'a pas un rendez-vous galant ni ne cherche un corps dont il pourrait se satisfaire durant quelques heures. Non, l'homme qui est en retard est censé lui apporter une information cruciale pour l'affaire qu'il s'est engagé à traiter. Il n'est pas rare qu'une affaire nécessite d'en régler deux à la fois, surtout lorsqu'il s'agit d'une coucherie. Les corps et l'argent n'ont jamais fait bon ménage, c'est bien connu. Mais dans celle qu'il a acceptée, peut-être un peu trop rapidement, il a droit à un gros sac empli à ras bord d'emmerdements de toutes sortes. Satisfaire les plaisirs interdits des corps qui sont censés ne pas se toucher est bien là, mais pas comme d'habitude... c'est même la base de ce brûlant magma dont tous les intervenants préfèreraient qu'il soit figé en fond de glacier et ne soit pas en mesure d'en ressortir avant quelques centaines d'années.

Tout commença dans une boulangerie. Une jeune fille dotée d'un physique très agréable venait y acheter quelques gâteaux pour honorer la présence d'un cousin à la table familiale. Jusqu'à ce jour, elle n'en avait jamais entendu parler. Ses parents avaient bien tenté de lui expliquer le lien de parenté qui les unissait, mais comme la branche dont il était issu lui était, elle aussi, inconnue, rapidement, elle avait décroché. De toute façon, elle avait compris qu'ils étaient autant parents qu'elle l'était avec le roi de Prusse. Au même moment, un jeune homme bien de sa personne entra dans la boutique et patienta. Il faut dire que la belle qui devant lui hésitait dans son choix, expliquant à la boulangère qu'elle ne connaissait pas les goûts de… était très, vraiment très agréable à regarder et tout autant le son de sa voix à écouter. Il regretta même qu'elle se fût décidée aussi rapidement tant le moment qui s'écoulait était délicieux. En se retournant pour sortir, elle se trouva faire face naturellement au jeune homme et, bien sûr, leurs yeux ne purent s'éviter. Ils plongèrent les uns dans les autres et, immédiatement, ils surent que jamais ils ne pourraient s'oublier. Dans ces secondes magiques, ils se demandèrent même comment ils allaient pouvoir se séparer, car il était évident qu'ils venaient de se trouver, qu'ils savaient être faits l'un pour l'autre... qu'ils étaient le couple que nous cherchons tous ! Bien sûr, la boulangère s'aperçut de l'émoi qui venait d'unir ces deux-là. Elle connaissait bien Églantine, comme tout le monde dans le secteur, puisque son père était propriétaire de la plus grosse société de transport de la région, la *Société de Transport de l'Ardèche*, et que sa mère descendait d'une noblesse ardéchoise dont les origines se perdaient dans la nuit des temps. Elle allait sur ses dix-huit ans et sa beauté faisait qu'il était difficile de compter ses prétendants tant ils étaient nombreux. Par contre, le jeune homme, qui devait bien avoir 4 ou 5 ans de plus qu'elle, ne lui disait rien. Elle pouvait même affirmer sans se tromper qu'elle ne l'avait jamais vu à Aubenas. Cet échange de regards allait faire jaser, c'est certain, car la boulangère n'était pas la seule à l'avoir remarqué. Imaginez ! Un bel homme, jeune et bien bâti, venait enfin de faire rougir la plus belle fille de la région qui devait, à ce jour, avoir poliment éconduit un nombre d'épouseurs difficile à estimer.

Tandis que la boulangère lui demandait pour la deuxième fois ce qu'il désirait, Rodrigue, c'était ainsi qu'il se nommait, sembla sortir du monde imaginaire dans lequel il se trouvait si bien et ne put qu'ânonner un peu naïvement :

« Je ne sais pas… enfin si, des gâteaux, mais je ne sais pas lesquels… tenez, comme ceux que la jeune fille vient d'acheter.

– Bien… et combien en voulez-vous ?

– Pfff… pourquoi me posez-vous toutes ces questions ? Je ne sais pas moi… quatre de chacun !

– En bref, vous voulez tout comme Églantine !

– Églantine… elle se nomme Églantine… ce prénom lui va à ravir, et…

– Désolée de vous bousculer, monsieur, mais les autres clients attendent !

– Oui, oui… c'est moi qui suis désolé, oui, comme Églantine. »

Il acheta ses gâteaux et se retrouva tout à coup dans la rue, complètement tourneboulé ainsi que totalement désorienté. Il sortit de sa poche le plan sommaire, mais précis, qui lui avait été envoyé par son cousin par alliance, et put enfin retrouver son chemin. Il le tenait serré en main, car il sentait bien qu'il n'était pas en mesure de s'orienter avec certitude tant il était encore perturbé par la rencontre qu'il venait de faire. Arrivé devant la majestueuse porte cochère de la maison de maître, il fit tinter la cloche et attendit qu'on vînt lui ouvrir. C'est une dame d'une quarantaine d'années, vigoureuse comme un châtaignier du même âge, qui manœuvra avec autorité le solide battant. Il allait se présenter, mais avant qu'il n'ait simplement pu commencer sa phrase, sans prononcer un mot, elle lui fit signe de pénétrer. Tandis qu'il traversait la cour intérieure, ses hôtes apparurent sous la magnifique marquise de la porte d'entrée. Ce fut d'abord sa cousine, puis son cousin par alliance, et enfin, leur fille… c'est à ce moment qu'il ralentit son pas, car il sentait bien que ses jambes s'étaient mises à flageoler. Églantine, c'était Églantine qui venait d'apparaître… une Églantine qui brusquement s'accrocha à l'encadrement de la porte tant la surprise de cette vision était grande et les effets de la stupeur difficiles à contrôler. Là encore, le choc émotionnel ne passa pas inaperçu… il le fut tant, que les parents s'écartèrent pour laisser place et regarder les deux jouvenceaux si mal à leur aise.

« Églantine, Rodrigue, que se passe-t-il ? demanda la mère. »

Églantine ne put articuler qu'un petit gargouillis incompréhensible, tandis que le père la soutenait de peur qu'elle ne s'évanouît là, dans l'instant.

« Rodrigue, expliquez-moi ! insista la mère avec autorité.

– Bonjour cousine… en réalité, nous venons de nous rencontrer dans la boulangerie et, comment vous le dire sans passer pour un cœur d'artichaut, je crois, non je suis sûr et certain que nous subissons tous deux les mêmes effets de cette confluence. Cousine, cousin, vous vous en êtes rendu compte, deux âmes sœurs viennent de se trouver, et je peux affirmer que le petit quart d'heure de séparation que la vie vient de nous imposer m'a été insupportable, et ce, au point que je tiens encore en main votre plan, car j'étais incapable de réaliser seul la petite centaine de mètres qui séparait la boulangerie de votre maison. Pourquoi ? Parce que j'étais bouleversé, parce que je ne pouvais me remettre…

– Père… c'est lui ! C'est l'homme de ma vie ! Celui sans qui plus rien n'a de valeur à mes yeux.

– Mais enfin, Églantine… vous ne vous connaissez pas ! Comment peux-tu imaginer que… ?

– Je vous présente mes excuses de couper court à toutes vos légitimes questions, dit Rodrigue, mais la seule chose qui naturellement s'impose à nous, la seule chose qu'il m'est impossible de ne pas lui demander, là, dans l'instant, c'est... Églantine, voulez-vous être ma femme ?

– Mais enfin, c'est ridicule, c'est invraisemblable ! tonna le père. »

Les parents ne se rendaient pas compte que ces deux-là n'entendaient plus leurs paroles, que seul comptait ce qui ne pouvait pas ne pas arriver, ne devait pas ne pas se produire... la déclaration de leur amour ! Avant ce jour béni des dieux, ils ressentaient comme un vide qui, depuis leur naissance, leur avait laissé une sensation d'imperfection, de faiblesse, de manque... mais maintenant, enfin, tout allait bien, ils étaient comblés.

Rodrigue s'approcha tandis qu'Églantine se libérait délicatement, mais fermement de l'emprise de son père. Ils n'avaient qu'une envie, c'était de se jeter dans les bras l'un de l'autre, et ce, sans ne plus tenir compte des normes que leurs éducations leur avaient toujours imposées. C'est ce qu'ils firent, sous les yeux de la totale incompréhension qui encore faisait loi. C'est ce qu'ils firent inconsciemment... et tout naturellement, ils triomphèrent.

Ce ne fut qu'après quelques minutes, après que l'évidence se fut imposée, qu'à leur grand étonnement, les parents reconnurent que ces deux indispensables semblaient bien être faits l'un pour l'autre. Unis depuis toujours sans le savoir, rien, absolument rien ne pouvait plus les séparer. Ils s'aimaient... il n'y avait rien d'autre à dire ni à penser.

Chapitre 2

Au grand dam de l'armée des prétendants d'Églantine, en trois mois, ils furent mariés. Ces deux tourtereaux-là s'aimaient de sentiments que bien peu pouvaient s'enorgueillir d'avoir un jour ressentis. L'amour ne s'embarrasse pas avec les choses et les personnes qui lui sont pénibles, c'est bien connu. Pour autant, vivre d'amour et d'eau fraîche ne nourrit pas les jeunes corps pleins de fougue et d'entrain. Mais comme aucun des deux n'était atteint du syndrome de la fainéantise, et bien que Rodrigue n'eût pas encore terminé ses études de médecine, il gagnait pour partie sa vie comme assistant à temps partiel. Ils auraient pu, l'un comme l'autre, vivre aux crochets de leurs familles sans que cela les mît en difficulté. Il faut dire qu'elles étaient aisées, et même très aisées. Mais Rodrigue tenait à ce que les finances fussent bien séparées en rapport de leurs contraintes. Sa famille s'était engagée à subvenir à ses besoins pendant toute la durée de ses études, mais pas à le remplacer dans la responsabilité qu'il portait depuis qu'il s'était marié avec Églantine. De son côté, Églantine tenait le même discours à ses parents depuis qu'elle s'était lancée dans les études qui la destinaient à exercer comme maîtresse d'école. Ils faisaient aussi très attention à ne pas mettre en route un enfant qui, pour l'instant, serait une charge difficile à supporter dans un présent plus que bien occupé. Ils en voulaient, c'était certain, mais avec le désir et la volonté de s'en occuper pleinement afin de les porter vers un avenir radieux.

La première difficulté pointa le bout de son nez un matin de fin d'hiver. Un fourgon de la *Société de Transport de l'Ardèche* du père d'Églantine fut attaqué. Sans être courant, ce n'était pas la première fois, mais ce qui n'était pas commun et même une nouveauté, c'était que toute la marchandise avait été jetée au sol et abîmée sans que rien ne fût volé. Un mois plus tard, c'était la maison des parents de Rodrigue qui fut mise à sac. Le mois suivant, ce fut le même jour à la même heure qu'un homme de service fut roué de coups dans chacune des familles. Les Gens d'Armes de chacun des secteurs se mobilisèrent pour enquêter de concert, mais sans obtenir de résultat.

Deux mois plus tard, c'était maintenant une lettre anonyme qui accusait Rodrigue d'effectuer des expériences sataniques en utilisant les laboratoires mis à la disposition des étudiants en médecine. Dans la foulée, par le même principe de lettre anonyme, Églantine fut accusée de dépravations, de débauches et même de participer activement au sabbat en tant que sorcière soumise corps et âme à Satan.

Au constat que les forces de l'ordre et la justice n'arrivaient pas à régler le problème, les deux familles décidèrent de sortir des sentiers battus pour y parvenir.

Benoît des Roches aperçut enfin celui qui devait lui apporter les premières informations qui, il l'espérait fortement, allaient lui permettre d'avancer.

« Tu sais que cela fait trente minutes que, par ta faute, je suis exposé au vent, que je suis sollicité par les putains et qu'il m'a fallu déjà deux fois déjouer les tentatives de me faire détrousser, alors, dis-moi que cela en valait la peine !

– Inutile d'inventer tout et n'importe quoi, tu sais très bien que dans ce domaine, si l'heure n'est pas respectée, c'est qu'il a fallu que je me libère d'un suiveur.

– Libéré définitivement ou simplement semé ?

– Ni l'un ni l'autre, mais tu sais que j'ai horreur que l'on me colle aux basques, aussi, il est possible de dire qu'il aura mal à la tête pendant un certain temps et qu'il ne pourra pas honorer sa belle pendant encore plus longtemps.

– C'est une mauvaise impression ou l'odeur de cette affaire pue la charogne comme c'est rarement le cas ?

– Tu l'as dit, bouffi...

– Alors, accouche !

– Ben... la partie va se jouer sur deux tableaux : le pognon et la religion.

– Wouais, j'veux bien, mais je ne vois pas ce qu'il y a de nouveau... ces deux-là ont toujours été associés dans tous les coups tordus !

– Oui, c'est vrai, mais pas quand les soutanes donnent le pouvoir à Satan.

– Là encore, rien ne vaut la bonne excuse du sabbat pour régler définitivement une affaire de succession mal engagée !

– Benoît, tu n'es pas face à une petite affaire de terrain ou de maison à récupérer, mais à du gros, du très gros... sous couvert de paix religieuse, on parle d'assassinat au plus haut niveau.

– Manquait plus que ça ! Et pourquoi venir pourrir notre chez-nous pour trouver du financement ? En Ardèche, nous sommes loin, très loin de pouvoir mobiliser les sommes dont des conspirateurs ont besoin !

– Par cousinage, tout est possible... et n'oublie pas que pouvoir transporter l'interdit est tout aussi important !

– C'est vrai... certes, un montage apparaît, mais... il y a encore un truc qui manque… tu sais, l'élément déclencheur... la chose qui fait que d'un coup de gueule, tout à coup, les lames sortent de leur fourreau.

– Je l'ai, ton élément qui va faire que... car beaucoup l'ont mauvaise, mais ce ne sont pas les pires.

– Voilà, je sens que je vais enfin en avoir pour mon argent !

– La petite Églantine, celle qui est belle comme un cœur, celle qui a trouvé le grand amour dans une boulangerie, et bien, il n'y avait pas que les *biens peignés* et *je fais tout pour sentir bon* du coin qui la convoitaient, mais aussi un Pair de France qui voulait l'offrir pour un mariage de raison. Or, comme elle n'est toujours pas grosse et que le gentil couple ne veut pas qu'elle le devienne pour un temps encore, à ses yeux, tout est toujours possible !

– Ventre-saint-gris ! Promis, juré, craché par terre, à côté de la politique, Satan n'est qu'un gamin mal dégrossi.

– Peut-être, mais autant l'existence de Satan reste encore à prouver, autant les politiques, eux, tous les jours, il nous faut nous les fader.

– Si je veux honorer mon contrat, voilà qui ne va pas me simplifier la tâche.

– C'est certain ! Bon, adieu l'ami, je te laisse à tes problèmes. Ah ! Une dernière chose, fais-moi le plaisir de m'oublier pendant quelque temps ! »

Toujours à marcher à proximité de la Tour, Benoît avait beau jouer au péripatéticien, aucune idée réaliste ne sortait de ses cogitations. Non contente d'avoir comme objectif de ruiner les plus aisés des Ardéchois, la politique voulait aussi séquestrer leur bien le plus précieux, la belle Églantine. Qui plus est, aucun doute possible, si elle est volée, sa vie sera plus dure à supporter que les quatre murs de la plus sûre des geôles de France. Il alla rendre visite à la gentille Marie qui, moyennant finance, l'aidait régulièrement à retrouver ses esprits, mais là encore, la solution brillait par son absence. Devait-il se présenter devant ses maîtres et avouer son incapacité à traiter ce dossier ? Finalement, tout bien considéré, elle se trouvait peut-être là, la moins mauvaise des solutions. Il se donna jusqu'au lendemain matin pour trouver mieux et si, au lever du jour, le gris de cette solution était toujours aussi acceptable, il irait toquer à la porte, prêt à rendre son tablier si tel était le désir du donneur d'ordre.

Il tourna, vira et se retourna tant et si mal que le lendemain matin, lorsqu'un coq gueula plus qu'il ne chanta, il fit tinter la cloche de son financeur. À son oreille, même le son de celle-ci était lugubre. Une fois dans le salon face au rude père de la douce Églantine, sans tourner autour du pot, Benoît expliqua. Il choisit même les mots les plus justes et vrais afin de coller au plus près de la réalité. Effort qu'il devait certainement faire pour la première fois. Le silence qui s'ensuivit recouvrit la pièce d'une chape de plomb. Une fois qu'elle fut bien en place, le père entrepreneur se décida enfin à s'exprimer.

« Monsieur Benoît des Roches, honnêtement, lorsque nous avons passé cet étrange contrat, j'estimais à 50% de malchance la possibilité que vous ne soyez qu'un arnaqueur... peut-être même un peu plus, j'avoue. Mais je me suis dit que, quel que soit le montant de la filouterie, il n'égalera jamais l'amour que je porte à ma fille. Aussi, je me suis lancé avec vous. Aujourd'hui, je vais vous avouer que je pense que, finalement, mon choix était le bon. Non que je pense que vous soyez un honnête homme, car, franchement, je me suis renseigné sur vous par plusieurs sources et toutes concordent... Benoît doté de la fausse particule, vous êtes un filou, un profiteur, et parfois même... un arnaqueur, un vrai. Alors aujourd'hui, je suis curieux de savoir pourquoi vous faites preuve d'un si réel bon sens et d'une vraie fidélité à votre devoir.

– Dois-je réellement vous répondre ?

– ...

– Bon, je dépose mes armes à vos pieds. Monsieur, tout ce que vous avez dit est juste et vrai. Mes réelles capacités sont de fouiner, comme rare il est d'en trouver un autre à mon niveau, et d'être capable de me défendre plus que bien, quelle que soit l'arme utilisée. Les à-côtés de celles-ci n'existent que par les hasards d'une vie pour le moins particulière. Maintenant, pourquoi suis-je ici à vous expliquer que les choses vont devenir plus que compliquées ? Je crois... non, je suis sûr que la principale des raisons est que je ne supporte pas la politique, les politiciens et tous ceux qui profitent de ce que cette malhonnêteté fondamentale peut apporter. En comparaison, les voleurs, les brigands, et même les tueurs méritent beaucoup plus de considération que ces ignobles personnages. Qu'elle soit de royauté ou religieuse, la politique ne vise toujours qu'à voler et tuer, ainsi que d'imposer de travailler et de mourir pour elle. La pensée d'un politicien est simple : vos enfants crient famine... normal, j'ai pris tout ce que vous aviez et maintenant, je vais vous forcer à m'en donner plus encore. Non, monsieur, à mes yeux, ces gens-là méritent d'être pendus haut et court tandis que je chanterai les louanges de leur bourreau. Je dois aussi reconnaître que... j'allais vous demander une faveur, celle de ne pas trop vous moquer, mais finalement, faites comme bon vous semble, car je n'en ai pas honte. Voilà, je dois admettre que j'envie à un niveau qu'il est difficile d'imaginer le fameux Rodrigue. En effet, il a eu la chance d'avoir vécu l'extraordinaire destin de rencontrer la femme qui était faite pour lui... et la magnifique Églantine de vivre l'amour avec l'homme qu'elle attendait depuis toujours. Oui, monsieur, je suis sensible à ce romantisme souvent moqué par ceux qui n'ont pas la fortune de le ressentir. Un romantique filou... avouez que cela ne doit pas courir les rues ! Surtout lorsque ce filou-là n'est pas amoureux de la fille, mais d'une histoire hors du commun. En bref, cette incroyable mélodie nous prouve que ce qui est quasi impossible peut exister, et nous en avons la preuve vivante avec Églantine et Rodrigue. Alors non ! La politique ne doit pas, ne peut pas, voire, ne doit pas pouvoir seulement envisager de casser cette union pour... non, inutile de le préciser, car cela laisserait sous-entendre que dans certains cas, ce serait possible. »

Benoît s'arrêta là. Il aurait pu développer le sujet qui lui a maintes fois occupé la tête, mais ce serait inutile et certainement nuisible à la bonne compréhension de ce qu'il voulait faire ressentir.

L'homme qui était prêt à tout donner, sa fortune et sa vie pour sauver sa fille et son gendre puisqu'ils ne faisaient plus qu'un, sentait maintenant que, bien que la difficulté à surmonter fût grande et même immense, vaincre n'était pas impossible.

« Monsieur Benoît des Roches, maintenant que vous êtes conscient des dangers qui vont jalonner ce combat, acceptez-vous de poursuivre votre mission ? Inutile de le préciser, mais je préfère le faire quand même, votre rémunération sera à la hauteur de la tâche à accomplir.

– Ne pas se battre pour sauver l'intégrité de ce qui fait que nous sommes des hommes ferait de nous d'immondes politiciens, et... bon, en bref, vous l'avez compris, j'accepte. »

Benoît interrogea d'abord les employés victimes des premières attaques, ce qui lui permit de rapidement se rendre compte que le commanditaire avait embauché des malfrats de Valence, bien connus de tous les milieux. Sans hésiter, il se rendit là où il était sûr d'en trouver au moins un, le port de la ville des trois vents. Comme c'était leur lieu de chute, arrivé sur place, il ne lui fallut que quelques heures pour trouver avec qui discuter intelligemment. Le double de la somme qu'ils avaient touchée pour effectuer leurs affaires dérida rapidement le négociateur pour donner les premières informations, et encore autant permit de connaître le nom du donneur d'ordre. Bien sûr, il n'allait pas être content de savoir que les Gens d'Armes allaient être présents lors de la prochaine attaque, ce qui allait la faire avorter, mais moyennant une rallonge, Benoît eut la certitude d'être informé de la suite que le mauvais homme allait donner. Dans ce milieu-là, l'argent ouvre toutes les portes. Évidemment, le politicien n'avait pas pris le risque d'être connu, il était même possible qu'il ne se trouvât être positionné que beaucoup plus loin dans la hiérarchie de ce mauvais coup. Benoît ne connaissait le donneur d'ordre de ce premier niveau que de nom. Sa spécialité était justement de jouer l'intermédiaire, et comme il devait assurer l'anonymat de l'échelon supérieur, il était constamment entouré de deux gardes du corps. D'ailleurs, les mauvaises langues disaient qu'il l'était ainsi même au lit !

Zigouiller les gardes du corps était facile à dire, mais vu que leur spécialité était de se battre, il y avait une forte probabilité pour qu'ils ne fussent pas branques dans ce domaine. Aussi, Benoît préféra conserver son intégrité physique pour l'engager uniquement lorsque le jeu en vaudra la chandelle. Il missionna une bande de malfrats sans foi ni loi, ni même dotés de la capacité à évaluer la dangerosité de la situation, afin d'occire les gardes protecteurs. Il voulait que le donneur d'ordre fût conscient qu'il était maintenant vulnérable. Ainsi, même si l'idée lui prenait d'en trouver des nouveaux encore plus féroces que les précédents, il risquait de se retrouver rapidement, à nouveau, dans la même situation. Concrètement, il allait devoir trouver une autre solution pour nuire efficacement aux affaires de la société de transport.

Afin de ne pas voir fleurir une nouvelle société qui appliquerait des prix étonnamment bas, et ce, dans l'unique but de mettre à genoux celle en place depuis plusieurs décennies, le père entrepreneur baissa légèrement ses tarifs et racheta les autres petites sociétés afin d'avoir le monopole du transport sur la région.

Les services de renseignements et de dissuasion physique gérés par Benoît fonctionnaient bien, quant aux transports, ils n'avaient jamais aussi bien tourné. Bien sûr, il ne fallait pas s'endormir sur ses lauriers, car si une chose était certaine et toujours constante, c'était que la politique ne s'avouait jamais vaincue. Aussi, il fallait maintenant sécuriser les affaires de la belle-famille, car il était presque naturel qu'elle fût visée. Ce fut un peu long, et surtout plus compliqué que pour le transport. En effet, les placements étaient très nombreux et de faible valeur unitaire, certainement pour pouvoir changer rapidement son fusil d'épaule en cas de problème, et ce, sans prendre de gros risques.

C'était maintenant qu'ils s'étaient bien bordés, que la politique allait être obligée de mettre en œuvre des actions plus dangereuses pour arriver à ses fins. Benoît tenta de se mettre à la place des politiciens pour anticiper les prochaines actions et toujours garder un coup d'avance. Il conclut qu'ils n'avaient plus guère d'autre choix que de s'en prendre physiquement aux personnes. Cela sous-entendait que vouloir se parer de fulgurantes attaques à tous les niveaux et dans tous les domaines était maintenant utopique. Puisqu'ils allaient devoir passer à un niveau supérieur, les défenseurs devaient le faire aussi et, si possible, avant les attaquants. Benoît des Roches savait que si les interventions physiques devenaient inévitables, la phase de demi-mesure qui a toujours pour objectif de sentir jusqu'où l'adversaire est capable d'aller était à jeter aux oubliettes. Il devait maintenant remonter la chaîne des décideurs, et ce, le plus rapidement possible.

Il commença par celui qui avait perdu ses gardes du corps. Une fois en place et la pointe d'une épée sur la gorge, il fut bien bavard. Benoît savait qu'il ne pouvait se fier à ses dires que dans une faible mesure, ce qui, finalement, était assez normal. Aussi, tandis qu'il inventait joliment, Benoît le blessa suffisamment pour qu'il se rendît compte qu'à la prochaine fadaise, il allait passer de vie à trépas. À partir de cet instant, son discours devint plus audible. Il n'était pas encore juste et vrai, mais il s'en approchait. Comme il ne voulait pas perdre de temps, Benoît le brûla un peu avec une torche afin que l'odeur du cochon grillé lui mît définitivement les idées en place. Il accusa le coup et lâcha qu'il en avait assez... il donna les noms et les fonctions qu'il connaissait, ainsi que les petites informations qu'il avait pu glaner sur les ordonnateurs du niveau encore supérieur. Benoît sentit qu'il ne pourrait pas aller plus loin, sauf à y passer plusieurs jours. Il le remercia poliment, et lorsque le supplicié se demanda quel soigneur il allait devoir contacter, Benoît lui évita de dépenser cette énergie en le tuant d'un coup sec. Sans perdre une seconde, il monta sur son cheval et se dirigea, à bride abattue, vers le niveau supérieur qui était situé à Lyon.

Benoît n'aimait pas plus que ça cette ville truffée de bandes qui se voulaient être organisées, alors qu'en réalité, elles ne l'étaient pas du tout. La seule constante sur laquelle on pouvait compter était qu'il était impossible de faire confiance à quelqu'un. Quand il y allait, il ne logeait jamais dans une auberge dans laquelle il était déjà venu et il préférait se nourrir à la sauvette, tant les mauvaises rencontres dans les lieux connus étaient habituelles. L'homme occupait le poste de responsable régional de la plus grosse banque du secteur Sud-Est. Politicien et banquier ! Tout pour déplaire à Benoît. Il attendit qu'il quittât son poste en fin de journée et le suivit jusqu'à sa magnifique maison, située dans la zone la plus huppée de Lyon. Il faisait déjà nuit. Le portail était ouvert. Un serviteur se tenait sur le côté avec une torche à la main. Il salua son maître, regarda de chaque côté de la rue et referma la lourde porte qui grinça férocement. Une huisserie digne de ce nom, un mur haut de plus de trois mètres, des personnels en nombre suffisant pour attendre que monsieur arrive... voilà une affaire qui n'allait pas être simple à traiter.

Fallait-il qu'il attende la fin de la semaine et qu'il mise tout sur le relâchement du jour non travaillé ? Fallait-il compter sur la chance pour savoir qui était le réel donneur d'ordre dans cette affaire ? Autant aller consulter une voyante, son pourcentage de réussite en sera très supérieur. Non, il lui fallait être plus pragmatique, et surtout, plus réaliste. Il avait à faire à un banquier ! Il allait donc se comporter comme un client, un bon client... ce qui veut dire en langage de banquier quelqu'un qui a de l'argent à placer.

Le lendemain, peu de temps après l'ouverture de la banque, il se présentait et sollicitait une entrevue avec la personne qui pourrait l'aider à faire fructifier ses économies. Naturellement, le réceptionniste lui posa la question qui allait le positionner comme étant une personne digne d'intérêt ou comme un petit épargnant à qui il allait proposer le classique des classiques. Lorsqu'il annonça la somme, l'employé devint immédiatement affable, en réalité, presque mielleux. Il le fit asseoir et le pria de bien vouloir patienter quelques minutes, le temps que le directeur se libérât. Sur ces inutiles paroles, il quitta la pièce à petits pas rapides. Étrangement, Benoit n'eut pas à compter jusqu'à vingt que la porte s'ouvrit sur un souriant directeur, suivi de près par son fidèle collaborateur. Il est parfois difficile de ne pas partir en fou rire lorsque vous voyez un jeu de rôles s'installer. Le directeur se tenait droit comme un « i », les bras déjà pré-écartés pour le saluer comme s'ils étaient de vieux amis, alors que son collaborateur jouait au serviteur effacé, le buste légèrement plié en avant, le regard baissé et le faciès orné d'un petit sourire commercial satisfait. Après moult formules de politesse, il emmena Benoit dans son bureau, lieu raffiné qui affichait clairement qu'il n'était pas n'importe qui. Entrée en matière, sous-entendu que Benoit était une intelligente personne, que son choix était... et blabla. Sans exhiber son manque d'intérêt pour ce genre de faux compliments, Benoit restait impassible, mais n'affichait pas un sourire condescendant, ce qui signifiait qu'il acceptait qu'il jouât son rôle, mais pas plus que ça. Mille écus d'argent, c'est bien cela ! Et le voilà tout à coup devenir un financier, un vrai. Il lui présenta les différentes possibilités avec les niveaux de risques associés, etc. Sérieusement, ses propositions n'étaient pas inintéressantes du tout, et dans un autre contexte, il aurait certainement placé un peu d'argent dans sa compétence. Mais aujourd'hui, il lui fallait orienter la discussion en affichant une naturelle méfiance après avoir réalisé des placements chez ses concurrents qui se sont révélés ne pas être aussi rentables que ce qui lui avait été annoncé. Voilà le décor planté : Benoit était un déçu ! Il fallait donc qu'il ouvrît en grand sa boîte à prouver qu'avec lui, le sérieux et la vérité étaient la garantie d'un avenir radieux. Il affichait les taux d'intérêt obtenus et reconnus par tous, la preuve, il était venu dans son établissement ! Il avait beau jouer de tous les artifices utiles à le convaincre qu'il était le meilleur des meilleurs, Benoit ne se déridait toujours pas. Il en vint enfin à lui poser la question qu'il voulait entendre :

« Comment pourrais-je vous prouver que nous atteignons bien nos objectifs, alors que je ne peux pas citer les noms de mes clients, vous comprenez pourquoi, mais clients qui pourraient vous valider qu'effectivement, c'est le cas ?

– Sans citer les noms des personnes, leur niveau de qualité ou un autre élément voisin de celui-ci me donneraient peut-être une petite idée ? Sauf si vous ne travaillez pas ou peu avec les particuliers, bien sûr.

– Non, nous travaillons avec tout le monde. Particuliers, Sociétés et Administrations d'état, tous nous demandent de les faire fructifier.

– Concrètement, vers quelles activités orientez-vous vos placements ?

– Selon le niveau de risque que vous souhaitez, et selon l'évolution des marchés, je m'orienterai vers la production, par exemple le blé, les armes, la construction ou vers la prestation de service genre les tavernes, le transport, les mercenaires... sans oublier la recherche des richesses extérieures à notre pays, et même l'argent, ce qui, bien sûr, est notre fonds de commerce.

– Et si je voulais racheter une entreprise, pourrions-nous être associés ?

– Oui, oui... c'est très courant, à quoi pensez-vous ?

– J'ai ouï dire que la Société de Transport Ardéchoise, non, de L'Ardèche, je crois, serait peut-être à vendre ! »

Il fit une pause de quelques secondes, visiblement étonné, puis il plongea sur ce qui pourrait être l'aubaine de la journée.

« De quand tenez-vous cette information ?

– D'hier, d'un maraîcher qui avait voulu passer un contrat à l'année avec cette société, et qui s'est vu refuser cette possibilité à la raison que la société fût déjà en pourparlers de vente.

– Intéressant... oui, cette acquisition pourrait être rentable et même très rentable, et ce, à plus d'un titre.

– Je ne vous comprends pas bien !

– Disons que cette société intéresse déjà certains de mes clients. Ils n'avaient pas l'intention de l'acquérir, mais de passer des contrats avec elle... enfin, je ne vais pas entrer dans les détails.

– Cela voudrait dire qu'elle pourrait devenir l'ossature de l'arborescence d'un projet ?

– Effectivement, vous avez assez bien résumé son possible devenir.

– Je crois que nous avons bien avancé. Si vous n'y voyez pas d'inconvénient, je reviendrai demain, en fin de journée. Pendant ce laps de temps, je m'en vais recueillir d'autres informations sur cette société. »

Il semblait tout feu tout flamme, notre petit banquier, il en devint encore plus mielleux que l'était son collaborateur. Beurk... il était difficile à Benoit de réfréner son envie de lui passer son épée à travers le corps.

Il profita du temps qu'il s'était accordé pour renouer des liens avec d'anciennes connaissances, et le lendemain, en fin de journée, alors qu'il approchait de la banque, sa porte s'ouvrit avant même qu'il ne puisse en saisir la poignée.

« Nous vous attendions, entrez, le directeur... »

Benoit poussa sur le côté le petit toutou à son maître, et se dirigea vers le bureau de l'emmiellé de service dont la porte était ouverte. Il entra dans la pièce, referma la porte et posant les deux mains sur le bureau, il se pencha vers le pauvre directeur qui se demandait bien ce qu'il se passait.

« Pourquoi ne m'avez-vous pas dit que vous étiez déjà sur les rangs pour acquérir cette société ? dis-je.

– Mais, ce n'est pas... non, je vous assure. Elle nous intérese, comme je vous l'ai dit, mais nous n'avons rien fait ni laissé supposer que nous voulions l'acheter !

– Alors pourquoi une personne très bien positionnée fait-elle tout pour que sa valeur chute, si ce n'est pas pour l'acquérir à un prix cassé ? Et pourquoi le nom de votre banque fleurit-il dans les propos qui sortent de sa bouche ?

– Je ne vois pas... enfin, pas de cette manière... il y a confusion, ce n'est pas son objectif.

– Je vais m'asseoir et vous écouter attentivement, et si vous ne voulez pas que cette affaire se termine en duel, je vous conseille de me tenir des propos justes et vrais. »

Blanc comme un cierge de Pâques il était, le petit banquier. Il appela son toutou, lui demanda de leur préparer une boisson chaude, et lorsqu'il ressortit de la pièce, il jura qu'il allait tout lui expliquer. Il s'épongea le front, lui demanda s'il voulait qu'il ouvrît la fenêtre, que... Le serviteur entra avec un plateau sur lequel il y avait plusieurs tisanes, puis il sortit rapidement. Le directeur lui demanda ce qu'il désirait, fit le service, se posa et se lança enfin dans l'explication. Après quelques minutes, Benoit devait reconnaître qu'en tant que conteur, il était d'une compétence hors du commun. Son histoire était belle, bien structurée, et la chaleur ainsi que le grave de sa voix faisaient qu'elle était agréable à écouter. Il était aussi capable de mélanger harmonieusement le faux avec le vrai afin de rendre l'ensemble plausible, compétence qui ne court pas les rues. Pour un peu, il lui accorderait le pardon, tant l'ensemble était bien travaillé... mais la vie n'est pas aussi indulgente qu'il l'est. Il se souvint qu'il était en service commandé et que ses états d'âme du moment ne devaient pas être pris en considération. Il dégaina sa lame et la pointa sur la gorge du banquier :

« Voyez-vous, cela m'a pris du temps et de l'énergie, mais après avoir bien décortiqué la règle du jeu qui s'est mise en place, et, bien que votre histoire soit joliment racontée, elle s'écarte un peu trop de la réalité et... comment le dire correctement, en bref, vous êtes en train de vous foutre de ma gueule. Oui, ainsi exprimé, mon ressenti ne sera pas mal interprété. Vous voyez, cette affaire m'intéresse, mais pas en tant que dindon de la farce. Alors voilà, pour la faire courte : j'ai horreur que l'on cherche à m'escroquer. Cette affaire, je vais la traiter, mais pas avec vous. On dit bien qu'un dessin vaut mieux que tous les discours, mais là, vous ne m'en voudrez pas si je ne laisse pas mon fusain vous expliquer la chose. Maintenant, il me manque une petite information, et je ne doute pas que vous allez me la donner, car il serait dommage qu'en traversant votre gorge, ma lame vous empêche de prononcer son nom. Alors, quel est le nom de celui avec qui je dois prendre rendez-vous ?

– Ce que vous me demandez là est très grave !

– Non, ce qui est grave, c'est de faire le bon choix : ma lame dans votre gorge ou le nom de cet homme.

– Je pourrais vous en donner un faux...

– Monsieur le banquier, je m'impatiente ! Continuez et je vais faire avec vous comme avec les enfants... je vais compter jusqu'à trois avant que ma lame ne s'enfonce en vous. Un, deux...

– NON ! Je suis d'accord, je vais vous le donner... il s'agit d'un Pair de France.

– Voyez-vous ça !... Voilà ce que vous allez faire : vous allez lui écrire une lettre, bien tournée, comme vous savez si bien le faire. Elle va lui expliquer que vous avez un nouveau moyen de régler le problème de la *Société de Transport de l'Ardèche*, et vous le prierez d'accepter ma demande de rendez-vous, et ce, sans délai. Ah ! Une dernière chose... sachez que j'ai pris mes précautions. S'il m'arrive un problème, petit ou gros, vous serez malproprement découpé ou correctement brûlé vif ou peut-être dévoré par des rats... j'ai laissé le choix du supplice aux hommes que j'ai grassement payés. Encore une petite dernière, histoire que vous compreniez bien à qui vous avez affaire. J'ai aussi missionné d'autres tueurs pour exécuter les premiers tueurs s'il leur venait l'idée saugrenue de ne pas faire le boulot... et si nous en arrivons à ce niveau-là, je vous assure que vous chercherez tous les moyens pour me faire repasser de trépas à la vie, car en comparaison de ce qu'il vous arrivera, à vous, votre famille, et vos amis, ce qui se passait avec l'inquisition ne sera que gamineries. Voilà, pour ma part, je n'ai plus rien à dire... et vous ?

– Non, rien, j'ai bien compris. »

Sans chercher à faire trop vite, Benoit rangea son épée, finit sa tisane, qui était très bonne, et sortit de la banque, satisfait du travail accompli.

Chapitre 3

Une semaine, en une semaine, il reçut son invitation à rencontrer le Pair de France.

Il en fut un peu étonné. Que sa demande fût traitée immédiatement par le banquier lui paraissait évident et normal, mais qu'une réponse positive repartît le même jour en direction de Lyon, là, il était pour le moins surpris. Mais pour le père d'Églantine, alors qu'il passait son temps à faire des allers-retours pour se tenir au courant, en temps réel, de l'évolution de la situation, c'était quasiment inespéré. Le dossier n'avait pas encore abouti, loin s'en fallait, mais pour l'instant, il était possible de dire que tout se passait bien puisqu'il n'était pas bloqué. Il évoluait peut-être un peu bizarrement, mais concrètement, il progressait.

Sans plus attendre ni se poser d'autres questions, Benoit fit le trajet et, arrivé sur place, à Moulins, dans le Bourbonnais, il trouva à se loger très correctement. À croire que cette chambre lui était réservée ! Il prit le temps de fignoler sa préparation, peut-être même un peu plus que cela, et se rendit devant le magnifique château, lieu de son rendez-vous, de façon à s'y trouver exactement à l'heure demandée. Une soubrette s'y trouvait déjà. L'attendait-elle ? Effectivement, elle vérifia qu'il était bien la personne qu'elle devait prendre en charge et, sans plus discuter, lui demanda de l'accompagner. Sa beauté naturelle était si éblouissante qu'il faillit lui proposer de la suivre jusqu'en enfer si elle le désirait, mais il se retint, conscient que l'histoire qu'il vivait ne méritait pas qu'il s'en désintéressât, même une seconde. Le portail, l'allée, le perron et l'entrée dans laquelle la jolie jeune fille lui proposa de déposer ses encombrants. Couloir, salon traversant, re couloir et, enfin, une magnifique serre intérieure où l'homme qui devait être le Pair de France prenait grand soin d'une étonnante fleur.

« Entrez, entrez, monsieur Benoît des Roches, venez contempler cette extraordinaire beauté. À mes yeux, cette fleur est la plus belle. Elle n'a pas de chatoyantes couleurs, elle ne sent même pas spécialement bon... mais ce qu'elle a de réellement incomparable, c'est son apparence en forme de lèvres. Vous l'avez compris, la culture de la Psychotria Elata est une de mes passions. Peut-être parce qu'on la surnomme plante à bisous ou encore lèvres chaudes. Oui, je sais, mes plus ou moins bons amis aiment à me qualifier de bouillon de culture, et mes ennemis d'éternel brouillon. En bref, il paraît que je m'intéresse à beaucoup trop de choses à la fois. C'est peut-être vrai ! Enfin, il est difficile de se retenir quand on aime ! Voilà, maintenant que nous nous connaissons un peu, je ne vais pas épiloguer sur vous, car je crois, non, je suis sûr que mes enquêteurs sont capables de faire du bon travail. Pour la faire courte, je crois que nous avons un petit problème à traiter et qu'il serait bon que nous lui trouvions une solution... en réalité, que nous débusquions LA solution, celle qui nous permettrait d'affirmer, sans être obligés de supposer que, peut-être, il serait encore possible de... Vous comprenez ?

- Très bien ! Enfin, si ce que vous avancez est votre réelle intention. Car il faut bien reconnaître que, jusqu'à ce jour, vous avez surtout été un champion du clair-obscur, avec une dominante quand même pour le très sombre ! Alors oui, nous sommes tous d'accord pour reconnaître que ce serait une bonne chose de régler définitivement le problème que vous avez créé.

- Oui, oui... mais dans ce genre d'affaires, la résolution passe toujours par le principe de faire table rase de tous les problèmes existants à ce jour et de repartir beaux et propres comme des sous neufs.

- Principe que les fautifs apprécient particulièrement puisque cela leur évite de payer les dégâts déjà occasionnés et bien sûr, surtout dirais-je, leur permet de ne pas être mis au banc des accusés.

– Ne sommes-nous pas déjà dans une négociation ? Ne pas sortir son épée ou ne pas faire brusquement demi-tour est la preuve que la discussion est en cours, n'est-ce pas ?

– Je vois que vous êtes pressé d'en finir. Ainsi, pour la faire courte et rapide, si vous acceptez nos conditions, l'affaire sera mise en terre, et suffisamment profonde pour que personne ne puisse jamais la faire remonter à la surface.

– Bien ! Je vous écoute.

– Avant toute autre chose, la principale demande est d'oublier l'existence d'Églantine. Mariée elle est, et mariée elle restera à Rodrigue. Jamais il ne leur arrivera le moindre désagrément, que ce soit directement ou indirectement. Comprenez bien ce que nous mettons derrière la notion de "indirectement". Non seulement elle intègre la notion de simple volonté de nuire, mais aussi celle de leur vouloir du bien. En bref, l'oubli doit être total et sans limites temporelles. Le deuxième volet sera d'une nature plus matérielle, il consiste à rembourser la somme totale, sans délai, générée par vos actions, là encore, celles causées directement et indirectement.

– Hum, je vois. La première partie est très ennuyeuse, mais finalement, peut-être pas tant que ça. Concernant la deuxième, elle pourrait être assez simple à régler en respectant scrupuleusement le juste retour des choses, mais tout ça fait une totale abstraction de nos besoins, ce qui n'est tout simplement pas possible. Aussi, je vais vous proposer un marché qui vous permettra à la fois de régler le problème, comme vous le souhaitez, et de nous octroyer la possibilité de régler les nôtres, en nous autorisant d'utiliser votre société de transport, bien sûr, moyennant finances et mêmes grasses finances. Qu'en pensez-vous ?

– Nous en pensons que nous savions que cette possibilité allait être mise sur la table, mais elle comporte une difficulté de taille qu'il va falloir éclaircir... quelles choses ou quelles personnes voulez-vous transporter ?

– Nous y voilà... Vous devez vous douter que l'objectif d'un Pair de France n'est pas de vouloir transporter du vin ou du blé sans que cela ne se sache. D'ailleurs, ce genre de marchandise est déjà traitée en partie de cette manière, et ce, depuis la nuit des temps. Non, nous ne sommes pas dans la notion de biens matériels, mais, comme vous l'avez amorcé précédemment, ce sont des humains qui vont devoir transiter sans être ni vus ni entendus. Hum ! Une petite parenthèse qui mérite toujours d'être ouverte et refermée, même si son contenu est plus qu'évident. À partir du moment où vous désirez savoir, vous vous trouvez être automatiquement intégré à notre projet, même si vous le refusez... êtes-vous bien d'accord avec ce volet de la négociation ?

– Oui, c'est presque naturel... de la même manière que le sera mon action de prévention »

Avec une agilité hors du commun, Benoît sortit un poignard et faisant pivoter le noble d'un certain âge, il le posa contre sa gorge. Ce n'était pas pour simplement intimider le pénible qui pétait plus haut que son cul, non, car Benoît avait passé sa lame sous le fatras qui habillait la gorge, et son propriétaire sentait le picotement qui lui indiquait que la chair était entamée, preuve que le sang devait déjà couler.

« Je crois qu'il va falloir que notre négociation soit plus franche et plus directe, car dans le cas contraire, elle ne sera tout simplement plus possible. »

Ce faisant, il ôta son poignard avec la même prestance et refit pivoter tout aussi rapidement le bougre maintenant blanc comme un linge. Pour le plaisir, il compléta la scène en portant son poignard légèrement ensanglanté à sa bouche afin de promener sa langue sur la lame.

« Êtes-vous certain d'avoir suffisamment de couilles pour piloter le projet que je ne connais toujours pas, mais qui ne doit pas être du genre à seulement se dire des méchanteries ? »

Pendant ce temps, le facétieux se servait un verre d'un liquide incolore et inodore, certainement de l'eau, qui se trouvait être dans une petite carafe posée dans un coin. Benoît se demandait si ses jolies plantes n'allaient pas être traumatisées par la violence de la scène.

« Seul l'avenir nous dira si mes couilles étaient à la hauteur de mes ambitions. Je ne vous expliquerai pas, précisément, la nature des actions que nous organisons, mais effectivement, le sang coulera. Ce ne sera pas parce qu'il est ennuyeux que les uns croient en quelque chose et les autres en autre chose, non, l'enjeu est beaucoup plus important, je vous parle de la régence de notre pays.

– Nous y voilà… pouvoir, argent, et certainement l'éternelle religion qui, comme toujours, veut recevoir sa part du gâteau en contrepartie de son extraordinaire capacité à manipuler les âmes des humains.

– Il est vrai que le temps a beau passer, l'objectif des potentiels dirigeants est toujours le même, seules les méthodes pour y accéder s'adaptent aux conditions du moment. »

Quelques secondes passèrent sans qu'aucun mot soit prononcé. Benoît faisait mine de réfléchir tandis que le Pair de France affichait sereinement que l'attente d'une réaction de son invité ne le perturbait pas plus que ça. Benoît compta dans sa tête jusqu'à vingt puis fit mine d'avoir pris une décision.

« Oui, je crois que nous pouvons toper… si cette manière de faire ardéchoise ne vous gêne pas !

– Aucun problème, je suis très attaché aux traditions qui font que les engagements les plus forts ne nécessitent pas qu'ils soient griffonnés sur des feuilles de papier.

– J'espère que vous savez que celui qui cassera notre accord devra mourir par la lame !

– Oui, oui… je connais toutes les conséquences de ce type de contrat. Désolé de vous bousculer, mais maintenant que nous sommes partenaires, il va falloir aller de l'avant, et ce, sans perdre une seconde. Pour commencer, faites-moi la note de ce que je dois régler au père d'Églantine.

– Elle est déjà faite. Benoît plongea la main dans la poche de sa veste et en sortit une feuille légèrement chiffonnée qu'il tendit au noble rebelle.

– Voilà une organisation prévisionnelle qui me laisse à penser que vous pourrez vous faire une place intéressante dans nos rangs. Voyons voir la douloureuse… ho, ho ! Je ne pensais pas avoir été aussi déraisonnable. Mais ne discutons pas le bout de gras, si tout se passe bien, les dividendes que j'en soutirerai multiplieront des centaines, non, des milliers de fois cet investissement.

– C'est tout ce que je vous souhaite, ainsi, nous pourrons tous profiter de cette manne.

– Je confirme, votre vision de l'avenir est très intéressante. »

Benoit quittait le château sans traîner, car l'envie d'enfoncer sa lame dans la gorge de cette pourriture était vraiment difficile à contenir. Ce n'était pas son histoire de gouvernance qui l'horripilait, d'ailleurs que ce soit Pierre, Paul ou Jacques qui fussent aux commandes ne l'intéressait en rien, non, mais qu'il pense pouvoir le retourner comme une crêpe, la laisser brûler de chaque côté pour ensuite la jeter aux cochons, voilà qui faisait que sa main éprouvait beaucoup de difficulté à lui obéir. Mais attendons de voir s'il paie rapidement sa dette pour décider en combien de morceaux il va découper cette immonde personne.

Ce qui se passa les semaines suivantes rendit heureux comme tout le père d'Églantine. Le jeune couple retrouva toutes ses possibilités et son banquier l'informa que la somme qu'il attendait venait de lui être versée, sans qu'il en manque le moindre écu. Honnêtement, Benoit aurait préféré que le Pair de France en oublie une partie, même petite ! Mais ce respect apparent de la parole donnée signifiait que la suite des évènements allait s'enchaîner très rapidement. C'était maintenant que les choses allaient devenir dangereuses, et c'était certainement peu de le dire.

Chapitre 4

Comme il le pensait, la première demande de transport arriva très rapidement. Un monsieur Tout-le-Monde se présenta à la porte du père d'Églantine et sans en dire plus, il indiqua un lieu, une heure, une destination.

Nous avions déjà parlé de la manière de faire, aussi, Benoit monta à côté du cocher pour assurer la sécurité du transport. Le caléchier était un vieux de la vieille. Depuis l'âge de 8 ans, il travaillait pour la même société de transport. Autant vous dire que des situations un peu étranges, il en avait vécu. D'ailleurs, son corps en portait les cicatrices et il n'hésitait pas à les montrer aux p'tits jeunes qui voulaient en faire leur métier. Aussi, lorsque le père d'Églantine lui avait demandé s'il acceptait de faire un transport un peu particulier, il avait accepté sans hésiter, car il savait qu'il serait bien, très bien, très très bien payé. Quant au danger de passer l'arme à gauche, à plus de cinquante ans, cela ne lui faisait plus vraiment peur... de toute façon, si cela devait arriver, autant que sa famille en touchât un gros dédommagement. Arrivé au lieu de rendez-vous, à l'heure demandée, un homme monta dans la calèche sans lever la tête vers ceux qui allaient le transporter ni même ne leur dire un mot. Bien qu'il fût plus qu'emmitouflé dans tous les « sur » possibles et imaginables pour qu'on ne pût le reconnaitre, une chose était certaine, il était de nature puissante et robuste. Or, il est rare, pas impossible, mais rare qu'un homme de pensée soit conforme à cette nature. Non qu'il ne pût l'être de naissance, mais lorsque jour après jour, vous parlez et écrivez, la vigueur de votre corps a tendance à se laisser aller.

Les voici partis pour cinq heures de calèche sans être autorisés à faire une pause, même pour prendre soin des bêtes. Le vieux cocher avait bien compris qu'il n'était pas question de désobéir aux ordres, même si un limonier se mettait à boiter. Aussi, il avait choisi des chevaux puissants, robustes, endurants et durs à la douleur. Ainsi, du côté de la société de transport, tout était organisé du mieux possible pour pouvoir faire face à un aléa, mais il était évident que le danger d'agression lié à ce type de transport ne pouvait être évité.

Tout robuste qu'il était, Benoit entendait leur voyageur pester lorsque la calèche bringuebalait de droite à gauche. En réalité, le seul qui semblait ne rien ressentir, c'était le cocher. Le temps passait et aucun incident ne venait perturber le voyage. Le trajet n'était pas de tout repos, mais hormis le délicat pilotage de la calèche, aucun évènement extérieur ne venait l'empêcher. Après quatre heures de cahotements, ils arrivèrent au goulet le plus étroit, celui qui pouvait aisément permettre à un groupe mal intentionné de bloquer le convoi sans prendre de risque. Certes, ils étaient parfaitement dans les temps, mais un simple arbre mort jeté en travers du chemin, et ils allaient devoir défendre chèrement leur vie… et nous savons tous que dans ce genre de trajet, tout retard augmente considérablement le risque de ne pas arriver.

Le caléchier ralentit, attentif à la moindre alerte, à la moindre réaction anormale des chevaux, mais il ne se passa rien, absolument rien. À croire que pour une fois, le secret de cette cavalcade avait été bien gardé. Mais arrivés à un petit quart d'heure du lieu de rendez-vous, au détour d'un virage en pente, ils se retrouvèrent face à une petite carriole positionnée en plein milieu de la chaussée. Toutefois, elle n'était pas abandonnée, une dizaine de cavaliers l'encadraient. La calèche s'arrêta et le cocher attendit que les intrus dévoilassent leurs intentions. Les secondes passaient, mais rien ne se produisait. Alors que Benoît comptait dans sa tête, bien décidé à faire bouger les choses si à trente le silence régnait toujours, à vingt-cinq, le chef de la bande s'avança doucement.

« Donnez-nous votre passager sans faire d'histoires et vous pourrez continuer votre chemin sans être inquiétés.

– Sans vouloir vous manquer de respect, vous ne pensez pas que si notre passager avait une certaine importance, sa protection serait conséquente ? Alors que devant vous se présentent un vieil automédon, le gestionnaire de transport qui vous parle, et un passager dont nous ne savons rien, même pas si le nom noté sur la feuille de route est bien le sien.

– Monsieur Benoît des Roches, je pense qu'il n'est pas utile d'entamer ce petit jeu de rôles avec nous. Ce serait du temps perdu et, franchement, je n'ai pas envie que les choses traînent en longueur. Ou vous nous donnez votre passager de bon gré ou nous le prenons de force. »

C'est à cet instant que notre fameux passager, qui jusqu'à présent ne nous avait même pas montré son visage, sortit de sa boîte.

« Eh bien, messieurs, voulez-vous bien me dire pourquoi ma personne vous intéresse tant, ainsi que pourquoi vous vous présentez en si grand nombre ? »

Un peu surpris de son aplomb, Benoit se faisait la remarque que non seulement il affichait une stature qu'il fallait prendre au sérieux, mais son assurance pouvait aussi laisser à penser qu'il avait une grande expérience des combats, et comme il était toujours là, sans avoir subi de blessure réellement handicapante, il était évident qu'il fallait s'en inquiéter. Qui plus est, bien que cela n'enlevât ni n'ajoutât rien à ses capacités, son accent italien accentué par une voix grave et puissante lui donnait une assurance encore plus intrigante. Benoit observait avec attention leurs assaillants, comptait les armes à feu visibles, supposait qu'ils devaient en avoir autant de cachées, et se tenait prêt à épauler son mousquet. De son côté, le cocher était attentif, prêt à plonger sous l'épaisse protection en bois dense non fibreux de presque un mètre de hauteur qu'il avait devant lui.

« Inutile de discuter, pour la dernière fois, je vous demande de nous accompagner sans résister.

– J'hésite, monsieur, vous comprendrez que je ne vais pas suivre un homme fortement protégé alors qu'il ne s'est même pas présenté !

– Je suis la personne qui doit vous stopper, vous désarmer, vous attacher et vous emmener pour être présenté à mon donneur d'ordre, voilà qui je suis. »

À ces propos, Benoit se fit la remarque que leurs armes à feu n'étaient donc pas destinées à occire leur passager, mais les accompagnants. Voilà la contrainte qui allait peut-être permettre de réduire le déséquilibre des forces en présence. Négligemment, le cocher sortit son pistolet en le tenant caché de la bande d'empêcheurs d'avancer qui, seconde après seconde, perdait de leur influence.

« Bon, je crois bien ne pas avoir vraiment le choix… je rends les armes et accepte de vous accompagner. »

En prononçant ces mots, il sortit les deux pistolets qu'il avait à la ceinture et amorça le geste de les jeter au sol. Dans la fraction de seconde qui suivit, les assaillants furent soulagés par sa décision, mais cela ne dura pas. En effet, à l'instant où il devait lâcher les armes, avec une dextérité et un savoir-faire certainement forgé par une répétition du geste jusqu'à ce qu'il fût parfait, il leva ses pistolets et fit feu sans prendre le temps de viser. La première bille de plomb atteignit en plein front l'homme qui dirigeait la troupe, la seconde frappa celui qui tenait son mousquet dirigé vers la calèche. Il la reçut en pleine poitrine, ce qui lui fit faire le gros dos et, dans le mouvement, le fit tirer d'instinct. C'est son voisin qui en fut touché à la jambe. Le désordre qui s'ensuivit permit à Benoit et au cocher de pointer et de mettre hors de combat deux assaillants, puis le temps de poser son mousquet et de sortir ses deux pistolets, deux autres se retrouvèrent à terre. De dix contre trois, ils n'étaient plus que quatre en état de combattre. Ils regardèrent l'état de leurs camarades et, bien qu'ils n'eussent plus de chef, c'est à bride abattue qu'ils décidèrent de fuir la mort qui se présentait à eux.

Leur passager fit le tour des corps qui étaient au sol et, sans se poser de question, leur trancha la gorge, qu'ils fussent déjà morts ou encore en vie.

« Bravo, messieurs ! Vous n'avez pas cédé lorsque la peur s'est présentée, et vous avez aussi fait preuve d'une grande efficacité dans vos tirs. Pouvons-nous reprendre notre route, je ne voudrais pas être plus en retard ?

– Nous sommes prêts. »

Ils finirent le trajet sans être ennuyés, même en arrivant à destination. Cela inquiéta un peu Benoit. En effet, le chef des assaillants était trop bien au courant de toutes les composantes de cette chevauchée, et il était certain que ce n'était pas en rêve qu'elles lui étaient apparues. Tandis qu'il se posait des questions et échafaudait plusieurs scénarios possibles, leur passager ne s'éternisa pas et disparut en grandes enjambées sans dire un mot.

« On rentre ventre à terre ?

– Oh que oui, et sans même soulager nos vessies. Parce que s'il y a une situation que je ne sens ni franche ni prévisible, c'est bien celle-là !

– Tout à fait d'accord… » dit le caléchier en manœuvrant déjà.

À l'aller, ils n'avaient pas traîné, mais au retour, ils furent encore plus rapides.

Lorsque Benoit fit son rapport, le plus détaillé et le plus précis possible, le père d'Églantine l'écouta avec grande attention et, sans lui demander s'il avait besoin de repos, il lui annonça qu'ils partaient sur-le-champ rendre compte au donneur d'ordre.

Arrivés à Moulins, bien qu'il se fut un peu assoupi durant le trajet, son corps et son esprit hurlaient en chœur qu'il fallait qu'il s'allonge et ferme les yeux, quels que fussent l'endroit et les personnes présentes. Il parvint quand même à faire l'effort de déclamer à nouveau son récit, ainsi que de répondre le mieux possible aux questions qui lui étaient posées. En sortant de chez le Pair de France, il allait indiquer au père d'Églantine que plus rien n'était possible pour lui, lorsque celui-ci le prit par le bras et le fit entrer dans une auberge de belle facture en indiquant à la personne présente qu'il fallait satisfaire à ses demandes, quelles qu'elles fussent.

.

Chapitre 5

Il était fort probable que les combats pour la réelle gouvernance de ce pays, c'est-à-dire comment trouver des finances, faisaient rage. Toutefois, rien ne filtrait. La vie continuait, et en ces temps-là, elle n'était pas paisible, loin de là. Jour après jour, il fallait s'arracher tripes et boyaux pour trouver de quoi manger, et, avec autant de vigueur, de quoi payer le collecteur qui réclamait impôts et taxes de plus en plus élevés. Bien sûr, pour le cas où certains ne comprenaient pas cette nécessité, la prison et les travaux forcés les attendaient bras grands ouverts. Il y avait beaucoup de routes à entretenir et encore plus à créer, mais l'état n'avait pas les moyens de se les payer. Aussi, si les petites gens ne trouvaient pas comment régler les sommes demandées, c'étaient leurs corps qui cassaient les cailloux et terrassaient les sols.

Dans les mois qui suivirent ce transport, cinq autres furent réalisés. À chaque fois le danger s'invitait, mais jamais de la même manière. C'était heureux, car les personnes transportées n'étaient pas aussi vigoureuses que l'avait été la première. Pour autant, jusqu'au dernier voyage, chacun finit bien. Enfin, vous l'avez compris, sauf le dernier... quelle affaire ! Il faut dire que ce jour-là, tout alla de travers, et ce, avant même les premiers tours de roue de la calèche. Pour ce transport, une personne devait embarquer, comme à chaque fois, mais ce furent deux qui se présentèrent, un homme et une femme. L'évidence sautait aux yeux, l'homme ne connaissait cette dame que depuis peu et, comme le susurra le cocher, elle allait peut-être n'être sa compagne que le temps du trajet. Pour autant, tant par son langage que par son attitude, elle semblait être de bonne éducation. La discussion fut ferme, et Benoit ne lâchait prise que lorsque le temps qui leur était imparti vint à manquer. Il accepta donc, mais tout en précisant que cette entorse à la procédure serait fortement discutée une fois le trajet réalisé. La calèche s'ébroua enfin et rien de particulier ne se produisit durant les deux premières heures. Ce fut après avoir passé un village sans intérêt que l'homme se mit à nous alerter. Il ne criait pas, non, il hurlait, il hurlait de douleur. La calèche arrêtée, Benoit se précipita à l'intérieur de celle-ci, le poignard à la main. La scène qu'il découvrit ne le choqua pas outre mesure. Depuis le début, il supposait que durant le trajet le couple n'allait pas faire de la broderie. La dame était à quatre pattes tandis que monsieur était censé l'entreprendre par-derrière, mais il ne bougeait plus, tétanisé à la vue du sang qui giclait de sa verge. Dans le même temps, Benoit se dit que ce n'était pas le moment de se rincer l'œil ni de se poser des questions, car la traîtresse le tenait en joue avec un pistolet. Il se rejeta brusquement en arrière, juste au moment où le coup de feu claqua. Une chose était sûre, il n'aurait pas mis un doigt entre la balle et sa tête. Une fois relevé, il se positionna devant les chevaux, prêt à choisir le côté le moins dangereux, les mains levées afin de réceptionner le pistolet que le cocher lui avait déjà lancé sans qu'il eût à le lui demander. Heureusement que, régulièrement, en réalité avant chaque voyage, ils répétaient les gestes à faire pour parer à cette éventualité. Il attendait, bercé par les gémissements de l'homme dont la verge était maintenant découpée en morceaux. Benoit avait déjà entendu parler de cette pratique qui, selon les dires des survivants, était plutôt réalisée par les prostituées originaires des pays asiatiques. Celle qui était encore dans la calèche n'avait pas les yeux bridés, mais elle semblait parfaitement maîtriser la méthode. Visiblement, elle ne se souciait absolument pas du devenir de son client, sûre qu'il allait passer rapidement l'arme à gauche. Il est parfois des situations qui, pour qu'elles s'orientent de la bonne manière, nécessitent qu'on laisse le temps au temps. Et cet après-midi-là, celle qui se produisait était de ce genre-là. Benoit était devant les chevaux, le pistolet à la main, et il attendait que la traîtresse se décidât à agir. Visiblement, elle faisait la même chose que lui. Il était évident qu'elle n'en était pas à son coup d'essai. Attentive à sa réaction, elle aussi attendait. Cela dura plusieurs minutes, ce qui est long, très long dans ce genre de situation. C'est lorsque les gémissements de l'homme cessèrent que la femme parla :

« Votre colis est mort. Je sais, c'est un peu embarrassant, mais concrètement, vous n'avez plus de raison de risquer votre vie pour préserver la sienne puisqu'il n'est plus. Comme vous semblez ne pas être tombé de la dernière pluie, il me semble que se séparer sans tirer d'autres coups de feu serait la moins mauvaise solution. Qu'en pensez-vous ?

– Votre analyse est sage et elle laisse à penser que vous avez une expérience du sujet qui, chaque fois, s'est bien terminé… la preuve, vous êtes encore là à négocier du devenir de votre vie.

– C'est vrai, mais c'est la première fois que je rencontre un adversaire qui mérite le respect.

– Nous voilà bien embarrassés… si vous descendez, nous allons nous tirer dessus sans nous poser plus de questions, car je ne vais pas vous laisser filer sans ramener, morte ou vive, celle qui a fait échouer mon transport.

– J'ai l'impression que vous comme moi sommes arrivés au point clef de notre aventure. Vous vous doutez que je suis une excellente tireuse, sans faire de jeux de mots, et je suis tout aussi certaine que vous aussi. Je ne sais pas ce que vous en pensez, mais je sens que le croque-mort va avoir beaucoup de travail dans peu de temps.

– Possible, mais cela n'a rien d'extraordinaire, la vie serait bien fade si la mort n'existait pas. »

Tandis qu'ils discutaient, Benoit mimait au cocher ce qu'il attendait de lui. Bien sûr, cela n'allait pas être sans risque, car les remarques de la belle étaient certainement justes et vraies. Il allait donc faire un choix en la mettant en position difficile pour assurer son tir. Il se recula de quelques mètres, juste ce qu'il fallait pour laisser la place aux chevaux pour démarrer le plus vite possible. Puis, il choisit le côté où il se savait le plus à l'aise pour modifier sa position de tir en fonction de la réaction de son adversaire. C'est lorsqu'elle se mit à parler à nouveau qu'il signala au cocher de lancer la calèche avec le moins de douceur possible. Futé et professionnel, le caléchier fit d'abord reculer brutalement la calèche, juste sur moins d'un mètre, puis il lâcha brutalement la bride à ses bêtes. Même si elle s'attendait à quelque chose de ce genre de la part de Benoit, elle allait, elle aussi, devoir faire un choix du côté à faire feu, sans savoir s'il serait le bon. Il se mit sur la gauche de la calèche, et lorsque la fenêtre passa devant lui, l'assassine sut, tout comme lui, qu'elle allait avoir une fraction de seconde de retard pour tirer. À cet instant, il sut que son tir allait la tuer sans même qu'elle s'en rendît compte, c'est ce que fit la bille de plomb lorsqu'elle la frappa en plein front, mais il sut aussi qu'il allait être touché, mais moins gravement. C'est au moment où il sentit la balle frapper son épaule qu'il se dit qu'il en avait marre d'avoir toujours raison. La calèche fit quelques dizaines de mètres, le temps de s'arrêter, et le cocher descendit d'un bond et vint à lui pour constater les dégâts.

« Hum, pas très méchant à condition d'enlever la balle tout de suite.

– Oui, je sais… tu te sens de le faire ?

– Oui, ce ne sera pas la première fois, mais je te promets une chose, c'est que tu vas appeler ta mère, même si tu ne l'as pas connue.

– Bien, ne traîne pas, nous avons encore de la route à faire, nous devons apporter les corps et expliquer pourquoi nous avons deux cadavres dans la calèche. »

Il cria, certes, mais sans appeler sa mère ni quelqu'un d'autre d'ailleurs. Sortir la balle ne fut pas une réelle partie de plaisir, mais honnêtement, ce ne fut pas pire que les soubresauts qu'il supporta durant la fin du trajet.

Benoit fut presque soulagé d'être obligé d'expliquer l'inexplicable, même si finalement, la meilleure des manières fut de montrer ce que l'homme avait subi et qui avait fait qu'il s'était vidé de son sang. Afin de pouvoir trouver son employeur, un dessinateur s'attela à reproduire le mieux possible le visage de la traîtresse. Il le fit sans délai, il ne fallait pas que le masque cadavérique modifiât par trop la personnalité de son modèle.

Ce fut leur dernier transport, et franchement, Benoit en fut soulagé.

Il savait que le père d'Églantine se trouvait être libéré de ses obligations, mais il sentait que pour lui les choses allaient être plus difficiles. L'expérience lui a souvent montré que les personnes qui occupent un poste haut placé se sentent autorisées à imposer aux subalternes de réaliser des actions que jamais ils ne demanderaient à qui que ce soit d'autre. Aussi, il ne fut pas surpris lorsqu'un messager vint le trouver pour le prier d'accepter le rendez-vous que le Pair de France lui proposait. Ben voyons ! Des rondeurs, beaucoup de rotondités pour qu'il acceptât de le rencontrer à nouveau, alors que précédemment, par ses propos, il ne lui avait pas laissé beaucoup de chances pour que cela pût se réaliser un jour.

Pour une fois, il ressentait le besoin de se confier à quelqu'un qui avait les pieds sur terre avant de prendre sa décision. Le père d'Églantine ? Non, il avait été trop impliqué, et peut-être l'était-il encore alors qu'il ne le savait pas. Après avoir passé en revue ceux dont la personnalité lui semblait acceptable, il se rendit compte qu'il pouvait les compter tous sur une seule main, et qu'il trichait pour que les cinq doigts représentassent une personne. Finalement, c'est le cocher qu'il choisit. Il était peut-être un peu rustre, mais Benoit était certain que son expérience de la vie allait lui être très profitable. Attablés dans une taverne de seconde zone, une pinte de bière devant eux, il lui expliqua son dilemme, et une fois fait, il lui demanda conseil. Le cocher fut surpris que ce fût à un illettré, qui sentait l'hiver de sa vie pointer le bout de son nez, qu'il demandât conseil. Mais après que Benoit lui ait expliqué que sa reconnaissance d'une existence bien remplie lui importait plus qu'une haute position sociale ou un diplôme fièrement affiché, alors qu'il ne représentait que la capacité à emmagasiner une grande quantité de choses, il accepta de faire le mieux possible.

À sa grande surprise, le cocher se mit à lui poser tout un tas de questions, des questions qu'il n'avait pas abordées et il devait reconnaître que certaines ne lui étaient même jamais venues à l'esprit. Ils restèrent deux bonnes heures à discuter du sujet, bien aidés par la bière qu'ils buvaient jusqu'à ce que ses effets commençassent à les gêner. Le lendemain matin, la bouche un peu pâteuse, Benoit devait reconnaître que le cheminement de pensée du simple automédon lui avait été salutaire… il allait accepter l'invitation de monsieur le Pair de France.

Aux date et heure invitées, Benoit se trouvait devant la porte cochère du comploteur. Sans qu'il ait à la frapper, celle-ci s'ouvrit et il avança d'un bon pas dans l'espace ainsi libéré. Il suivait le serviteur de monsieur, même s'il se souvenait parfaitement du chemin à parcourir. Dans son cabinet, monsieur l'attendait, assis sur un canapé, visiblement détendu. Il lisait des feuillets posés à côté de lui. À l'arrivée de Benoit, il se leva et l'invita à venir s'asseoir sur un fauteuil, face à lui. Immédiatement, la discussion commença par l'action de celle dont le nom lui était toujours inconnu. D'ailleurs, franchement, il n'avait pas cherché à la connaître ni à fouiner pour apprendre qui l'avait missionnée. Il sentait que monsieur était plus estomaqué par ses capacités et sa volonté de les utiliser pleinement que par l'organisation et le pourquoi du comment de ceux qui l'avaient employée. Mais bon, Benoit se doutait qu'il connaissait ses ennemis au moins aussi bien que ses amis, voire mieux.

« Vous voyez, Benoît, ce sont les personnes qui sortent du troupeau des moyens qui m'intéressent. Vous, la fille, votre cocher, l'homme de votre premier transport… bienheureux sont ceux qui sont leurs amis ou sont simplement agréables à leurs yeux. Je ne fais pas allusion aux dangers qu'ils représentent, mais au repos de l'esprit qu'ils génèrent, et aussi à la surprise qui toujours nous étonne lorsque la situation se complique et qu'ils doivent improviser. En réalité, je crois que je vous jalouse un peu ! Car, honnêtement, même si je possède quelques capacités, je suis loin, très loin de pouvoir les comparer aux vôtres. »

Il allait falloir qu'il entre rapidement dans le vif du sujet, car Benoit commençait à s'ennuyer et s'il se mettait à bâiller ostensiblement, cela allait être particulièrement impoli.

« Oui, je sais, je papote pour trouver le bon angle d'attaque alors que vous, vous n'attendez qu'une chose, que je plonge dans le vif du sujet. Alors voilà, je voudrais que vous vous ralliiez à notre cause. Je sais, vous n'êtes pas convaincu par les discours des uns et autres, car vous pensez qu'aucun d'entre eux ne vise le bien-être du peuple. Je voulais simplement vous démontrer que, certes, vous avez raison, car quoi qu'en disent les mieux pensants, jamais personne n'est totalement honnête. Pourquoi ? Tout simplement parce que tant que nous viserons à mettre une personne seule au pouvoir, même si elle partage ses intérêts avec le peuple, ce ne sera qu'un partage et tout naturellement, avec le temps, la plus grosse part du gâteau se retrouvera toujours dans la même assiette. Voilà beaucoup de questions agaçantes et peu de réponses satisfaisantes... Mais alors que faire ? Rien et supporter la famine, la mort aux combats de nos pères et frères ? Ne pas chercher à faire mieux et baisser la tête ? Je suis peut-être un utopiste complètement fêlé du ciboulot, mais moi, je m'y refuse. Et vous, où et comment vous situez-vous dans cette tourmente ? »

Avant de prendre la parole, Benoit se faisait la remarque, qu'effectivement, ce Pair n'était pas complètement benêt. Orienter la discussion sur la notion qu'une non-prise de décision était une faute, voire un acte de lâcheté, c'était très habile. Enfin, ça l'était si la personne ne s'en rendait pas compte, car dans le cas contraire, cela laissait entrevoir la tentative de manipulation qui se mettait en place.

« Je comprends que pour arriver à ses fins, tous les moyens doivent être mis en œuvre, d'ailleurs, je fais la même chose, mais pour que cette discussion avance et aboutisse, merci de m'éviter les tentatives de manipulation et autres méthodes par trop visibles.

– Oui, bien sûr… Je vais faire autrement. Qu'est-ce qui ferait que vous accepteriez ma proposition ?

– Que j'ai la totalité des informations et surtout que vous m'apportiez la preuve que vos dires sont justes et vrais. Ainsi, doté du minimum dont j'ai besoin, je pourrais vous répondre par oui ou par non. »

Benoit savait que ce qu'il lui demandait était incompatible avec le minimum à respecter pour assurer un niveau de sécurité acceptable. En effet, il lui demandait de casser le sacrosaint principe de séparation des informations. Le seul qui permet, si l'un d'entre eux est capturé, d'éviter de remonter toute la chaîne et de l'éliminer.

« Dommage, vraiment... mais non, je ne peux pas prendre un tel risque.

– Hum, par votre retenue et le respect de la vie de vos amis, je crois que vous venez de me convaincre. »

Il me regarda, la bouche légèrement ouverte, incapable de savoir si ce que je venais de dire était du lard ou du cochon.

« Oui, vous avez bien entendu et aussi parfaitement compris, j'accepte de me joindre à vous, mais il y a une condition : répondre quand même à quelques questions. Lors de notre premier transport, l'Italien qui nous a fait grand effet fait-il partie de la famille ou des proches de Marie de Médicis, la femme du Roi ?

– Oui, cela, je peux vous le dire.

– Est-ce que notre action a pour objectif, sans être nécessairement le seul, d'éviter la guerre avec l'Espagne et la Savoie ?

– Non, pas d'éviter une guerre, mais toutes les guerres qui, systématiquement, et sans que l'on puisse faire autrement, sont financées par le sang et la sueur du peuple, peuple pris au sens large : riches comme pauvres, exception faite des marchands d'armes.

– Peut-être préféreriez-vous le principe du combat des héros ?

– Sans aucune hésitation. Pourquoi tuer les fils de paysans à la guerre alors que ce sont eux qui cultivent notre sol pour que nous puissions manger ?

– Ce n'est pas faux.

– Et malheureusement, des exemples de ce genre, nous pouvons en citer à la pelle.

– D'accord, mais franchement, je ne vois pas comment vous pouvez empêcher une guerre.

– Pour en avoir une petite idée, il faut d'abord savoir pourquoi, comment et par qui une guerre est déclarée ? Au pourquoi, la réponse se trouve généralement dans ces trois possibilités : économique au sens large, religieuse au sens le plus obtus que l'on puisse imaginer, et de descendance au sens le plus stupide qui soit. Au comment, toujours par d'insidieuses informations qui imposent aux rois une non-solution. Enfin le "par qui"... cette question est presque toujours associée au comment, car seules les personnes qui y trouvent un intérêt particulier vont pousser les décideurs et les oreilles attentives des rois dans cette voie. Avouez que, tout bien réfléchi, les possibilités d'influer sur le devenir d'un pays sont loin d'être négligeables.

– Effectivement... dangereuses, mais possibles ; coûteuses, mais en y associant la peur, réalisables.

– Je vois dans votre attitude, et ressens dans vos réflexions que des solutions pointent le bout de leur nez... je me trompe ?

– J'avoue que tout à coup, mon cœur se met à piaffer d'impatience.

– Patience, mon ami ! Dans ce genre d'organisation, il faut savoir faire preuve de grande patience. Toutefois, le moment venu, il faut être d'une rapidité extrême. »

Après la demande d'attendre de recevoir des instructions, Benoit quittait à grands pas le lieu de celui qui allait tenir entre ses mains son avenir.

Chapitre 6

Place Jacques Roure, Benoit passait et repassait d'un pas lent au pied de la Tour Huguenaude. Nul doute qu'un badaud non averti aurait imaginé qu'il faisait son marché en quête de plaisirs. Un autre plus mal intentionné se serait demandé quelle sorte d'interdit il cherchait à vendre sous le manteau ; quant à un observateur avisé, il ne douterait pas qu'il attendait un rendez-vous important pour lui. Au bout d'un gros quart d'heure, il commençait à trouver que la personne qui devait l'aborder se faisait un peu trop attendre. Non que le temps ne fût pas clément, mais il commençait à se faire remarquer. Alors qu'il allait quitter la place, un mendiant qui semblait faire partie intégrante des pavés et des murs, d'un petit coin de rien du tout le héla bizarrement. Comme Benoit ne faisait pas mine de s'approcher de lui, il recommença un peu plus fort. D'un geste de la main, il lui fit signe de s'approcher et par la voix, il le nommait « mon ami ». Il s'approcha et une fois à proximité, mais pas trop tant son odeur était forte, il lui dit que comme il n'avait pas été suivi, il était autorisé à lui transmettre un message. Efficace, certes, mais difficile à supporter pour qui est sensible aux mauvaises odeurs. « Passer doucement en calèche sur la route du Pont d'Aubenas, en direction du col de l'Escrinet, à 20h00 ».

Bien sûr, Benoit avait tenu au courant le père d'Églantine de l'évolution de sa relation avec le Pair de France. Autant il trouvait les idées de ce dernier intéressantes, autant sa confiance en lui était encore très limitée. Aussi, avec l'accord de la société de transport et pilotée par son cocher préféré, à l'heure dite, la calèche avançait nonchalamment sur la route demandée. Comme toujours, cette voie était très fréquentée, aussi, impossible de repérer à l'avance notre rendez-vous, d'autant plus que du plus loin qu'ils pussent apercevoir, personne n'attendait en bordure de route. Ce fut lorsqu'ils ressentirent la calèche balancer plus que de raison qu'ils comprirent que leur rendez-vous venait de monter à bord sans qu'ils ne s'arrêtent. Ils continuèrent à la même allure, attendant que leur passager leur donnât une information. C'est après une grosse demi-heure que Benoit décida d'arrêter la calèche et d'aller discuter avec leur voyageur. Il descendit et, sans se presser, il ouvrit la porte de l'habitacle. Un homme s'y trouvait bien, mais visiblement, il n'était pas en grande forme. Avachi sur la banquette, le poitrail serré par une cotonnade, une seule chose accaparait sa concentration : respirer. Pourtant, il lui tendit la main et esquissa un sourire. Bien sûr, Benoit l'avait immédiatement reconnu, c'était leur premier passager. Les yeux écarquillés, il acceptait la douleur que lui procuraient chaque inspiration et tout autant les expirations. Benoit regarda sa blessure et constata que la lame qui l'avait transpercée était épaisse et large. Tout pour qu'avec le temps, il se noyât avec son propre sang. Le blessé vit dans le regard de Benoit qu'il ne pouvait rien faire pour le sauver. Aussi, bafouillant et crachant du sang, il tenta de lui dire quelque chose, mais il ne parvint qu'à lui faire comprendre qu'il fallait qu'il l'amenât chez le Pair de France, et lui tendit un papier. Benoit essaya d'en savoir un peu plus, mais dans un dernier effort, c'est une grosse quantité de sang qui sortit de sa bouche et de ses narines. Il l'allongea sur le sol, le coinça entre les deux banquettes et remonta rejoindre son cocher. Il lui expliqua la situation et sans plus se poser de questions, ils prirent la direction de Moulins. De relais en relais, ils changeaient de chevaux sans prendre le temps de se reposer, même quelques minutes. Avec le temps, Benoit avait appris à mener la calèche, pas aussi bien que son maître, loin de là, mais suffisamment pour lui permettre de faire un petit somme et de détendre ses muscles et ses articulations. Arrivés à destination, comme d'habitude, ils n'eurent pas à s'arrêter pour expliquer et justifier leur venue. Le portail s'ouvrit en grand et à l'instant où la calèche s'arrêta, Benoit sauta et se dirigea vers le cabinet de monsieur sans attendre d'y être conduit. Il frappa à la porte pour la forme et, sans attendre l'autorisation, il entra et à grands pas s'approcha du bureau de monsieur et lui tendit le billet en lui indiquant les derniers mots de son messager.

Il le lut, le relut, l'ouvrit à nouveau en n'y jetant plus qu'un coup d'œil, puis il fixa Benoit.

« Je ne me trompe pas si j'affirme que les armes et leur maniement n'ont pas de secret pour vous !

– Sans être un expert imbattable, je peux dire que, sans me vanter, je suis nettement au-dessus de la moyenne.

– Nous avons un problème, et celui-ci ne doit pas attendre qu'une organisation soit montée et prête pour qu'il soit réglé définitivement. Vous sentez-vous en état d'y faire face ?

– Oui, mais je connais l'homme qui se trouve dans la calèche, enfin, je connais surtout les capacités dont il a fait preuve lors de notre premier transport, et je doute pouvoir le remplacer avec plus d'efficacité que lui.

– Non, et je vous rejoins dans votre analyse, mais c'est justement parce que nos adversaires ne s'attendent pas à ce que je puisse me relever de ce désastre avant plusieurs mois que je vous demande de les éliminer. Il faut le faire là, maintenant, sans prendre aucun délai, même celui de vous défatiguer quelques heures. Aussi, je vous repose la question, vous sentez-vous de partir combattre une dizaine d'hommes et d'être victorieux ?

– Avec l'effet de surprise, un grand nombre de combattants groupés au même endroit devient souvent un réel handicap, ils se gêneront et ne pourront pas avoir la bonne réaction. Préparez-moi une belle collation pour le trajet, et quelques armes pour que je fasse mon choix. Indiquez-moi les personnes que je dois occire et dans quel lieu, je suis prêt à partir. »

Ne jamais confondre vitesse et précipitation, aussi, plutôt que de partir surchargé à cheval, Benoit aimait mieux la calèche avec son cocher. Certes, le sol était encore gluant de sang, mais qui pourrait penser que cet encombrant et peu rapide moyen de transport pourrait avoir été choisi par celui qui venait d'accepter le rôle de noble guerrier chargé à lui seul d'anéantir une troupe dix fois supérieure. Arrivé sur les hauteurs de Peyraud, en Ardèche, il arrêta la calèche et observa le château. Certes, il était de belle facture, mais Benoit n'était pas là pour apprécier son architecture, aussi belle soit-elle. La succession de parterre en pseudo-espaliers allait lui permettre de s'introduire dans la demeure et d'organiser sa tuerie. Car c'était bien de cela qu'il s'agissait, éliminer définitivement toutes les personnes présentes dans ce lieu. Enfin, presque, puisqu'il avait pu négocier de laisser la vie sauve aux personnels si ceux-ci ne faisaient pas mine de vouloir porter les armes. Tuer par le fer ceux qui vivaient par le fer n'était pas un problème pour lui, mais occire les petites gens à la raison qu'ils faisaient leur travail pour survivre, ça, il n'en était pas question. Et soyons honnêtes, s'il en recevait l'ordre, il ne le ferait pas pour autant en justifiant son défaut par l'incontrôlable fuite de ceux-ci tandis qu'il ferraillait avec ses adversaires.

Il n'avait pris d'armes que le minimum, ne voulant pas être trop chargé lors de ses premiers affrontements. Deux pistolets, une épée longue, une courte et un poignard. En effet, si ses adversaires étaient regroupés au même endroit, il n'aurait pas le temps de recharger ses pistolets et il devrait certainement faire face à plusieurs assaillants dans les secondes qui suivront ses coups de feu. Sans devoir compter sur lui, son cocher, armé de deux fusils, cherchait un poste qui allait lui permettre de réduire l'inégalité en nombre, ce qui n'était pas gagné d'avance. Toutefois, si le tir à longue distance ne lui était pas possible, il allait s'approcher à une dizaine de mètres de ses cibles, même si Benoît lui avait formellement interdit de le faire. Il était bon tireur, d'ailleurs, lorsqu'il partait en chasse au gros gibier, ses amis lui attribuaient toujours le poste de tireur de loin.

La douceur du temps étant de la partie, la troupe se trouvait sur le parterre situé juste devant la façade principale. Les hommes étaient occupés à faire griller saucisses et quartiers de cochon. Ventre-saint-gris, l'odeur était trop agréable pour qui s'était contenté de grignoter afin de ne rien perdre de son agilité au combat. Mais bon, s'ils s'empiffraient, il y avait une forte chance pour les victuailles fussent bien arrosées de vin. Voilà le bon effet de surprise : la tête au plaisir du ventre et le corps détendu, le tout ralenti par l'alcool du vin. Benoit en vit même un qui s'éloignait pour se soulager. Mourir la bite à la main… drôle de mort ! La lame courte le transperça et, dans la seconde qui suivit, celle du poignard lui trancha la gorge. Bizarre, il avait toujours la bite en main. Benoit essuya ses armes et se remit en position, celle où il aurait face à lui un maximum de mercenaires dans un minimum d'espace. En effet, il n'allait pas avoir le temps de bien viser, aussi, le regroupement devait pouvoir compenser ce défaut. Un pistolet dans chaque main, il ajusta le mieux possible et fit feu. Pour une surprise, c'en était une... une vraie. D'autant plus qu'en suite de ces deux coups de feu, un troisième vint en faucher un qui n'était pas groupé avec les autres. Ses lames en mains, il fonça sur les guerriers désemparés et piqua le plus rapidement possible pour en blesser un maximum. Ils allaient reprendre leur esprit, il voulait donc réduire leur capacité à combattre. Tandis que ses épées piquaient et zébraient les corps, un quatrième coup de feu claqua. En pleine poitrine ! Le cocher était content de lui. Il rechargea le plus rapidement possible.

Face à Benoit se trouvaient maintenant trois bretteurs, l'épée en main, prêts à défendre chèrement leur vie. Ce qu'il ressentait était stupide, il le savait, mais il ne pouvait s'empêcher d'apprécier la situation. Il allait devoir mobiliser ses capacités au maximum de leurs possibilités pour s'en sortir indemne, voilà qui allait lui donner un réel plaisir, même s'il n'en sortait pas vivant. Il avait toujours pensé être un fou de guerre, un vrai, un de ceux qui préféraient mourir au combat plutôt qu'en râlant, allongé dans un lit. Alors, si en plus, il partait satisfait de sa prestation, c'était encore mieux. Les fers sonnaient, de plus en plus vite, les trois ayant compris que des coups rapides allaient être plus efficaces que de chercher la pique meurtrière. Méthode d'ailleurs naturellement évidente pour qui avait l'habitude des combats... Aussi, il fit mine d'avoir des difficultés à tenir le choc et recula d'un pas, puis rapidement d'un autre, laissant à penser que... mais ce n'était qu'une ruse. Prenant un appui ferme, il se projeta en avant en choisissant l'adversaire le plus déporté, et d'une forte parade, il se créa l'espace suffisant pour enfoncer sa courte lame dans le ventre de son adversaire, et ce, jusqu'à la garde. Il pivota en la ressortant de ses tripes et se retrouva face à ses deux derniers adversaires un peu décontenancés. Mourir fait partie de la règle du jeu, certes, mais Bon Dieu, pas en cours de digestion et encore moins aviné ! Un des deux hésita, et il sut immédiatement que c'était ce que Benoit attendait. Il para le coup bas, mais ne put empêcher la lame qui lui ouvrit la gorge. Le dernier recula d'un pas et cria d'une voix forte, histoire de reprendre ses esprits. Il se mit en garde et attendit l'attaque. Il avait raison, dans ces cas-là, la meilleure solution est de miser sur la contre-attaque pour toucher.

Les deux combattants se déplaçaient en tournant autour d'un centre imaginaire. L'un cherchait le meilleur angle d'attaque et l'autre la meilleure position de défense. Mais il est parfois difficile de tout prévoir ! D'ailleurs, l'adversaire de Benoît n'eut pas le temps de se poser plus de questions, car la balle que le cocher venait de tirer le frappa en plein milieu du front. Il fut renversé et lorsque Benoît s'approcha pour vérifier qu'il n'était plus une menace, il constata que la balle avait emporté une bonne partie du crâne et que le cerveau avait suivi le mouvement.

Tandis que Benoît faisait le tour de la propriété et qu'il s'assurait que le travail était bien fait en réduisant au silence éternel les derniers blessés, le cocher vérifiait les terrasses extérieures. Une fois constatés qu'ils étaient les derniers vivants et que les employés n'étaient plus là, ils s'éloignèrent rapidement sans oublier d'emmener saucisses et quartiers de porc.

De retour chez le Pair de France, Benoît fit un rapport très détaillé. Ce jour-là, il se rendit compte que la recherche du plus petit des détails poussait son cerveau à analyser de plus en plus finement ce qu'il avait vu sans le regarder. À croire qu'il n'oubliait rien et qu'il suffisait qu'on le mobilisât précisément pour qu'il allât chercher la bonne information. Plus il étudiait le pourquoi de cette remarque et ses conséquences, mieux il organisait le rangement de toutes ces informations. Il en arriva même à associer sa mémoire à une immense pièce tapissée d'un nombre incalculable de petits tiroirs avec, pour chacun d'entre eux, une étiquette qui affichait ce qu'il contenait. Là, c'était le nombre de saucisses qui grillaient sur le feu de bois, ici, les vêtements des mercenaires, etc. Bien sûr, pour l'instant, aucune de ces informations ne lui était utile, mais qui sait, un jour, peut-être... et, tandis qu'il récitait ses informations au Pair de France, qu'il les classait, qu'il les étiquetait, le noble se faisait la réflexion que ce Benoît-là n'avait pas encore atteint ses limites. Qu'il n'avait peut-être pas fait d'études, mais que son apprentissage s'effectuant au jour le jour, il était donc juste et vrai. Après chaque action, son cerveau apprenait sur la base de la causalité. Comme chaque action entraîne inévitablement une réaction, ses analyses remontaient la chaîne et envisageaient toutes les autres possibilités et bien entendu leurs conséquences. En sortant du cabinet du Pair de France, il se dit que cette nouveauté était intéressante, mais pas seulement, qu'elle était aussi très fatigante. Il allait falloir qu'il apprît à réguler tout ça.

Les jours qui suivirent, il s'attendait à être de nouveau mobilisé pour des missions violentes, mais il n'en fut rien. À croire que le tas de cadavres avait dissuadé les adversaires du rebelle d'attaquer physiquement son organisation.

De leur côté, Églantine et son mari se décidèrent enfin à faire un enfant. Vouloir un bébé, c'est beau et rassurant pour l'avenir, mais lorsqu'il en arrive deux en même temps, il est difficile de ne pas rechercher la cigogne qui vous a livrés pour vérifier la possible erreur. Ils eurent beau surveiller le ciel, plus aucun échassier à l'horizon. Celle qui leur était dédiée avait fait son boulot et maintenant, ils allaient devoir élever les deux petites monstresses qui ne trouvaient rien de plus amusant que d'empêcher leurs parents de dormir.

Les affaires du Père d'Églantine étaient plus que florissantes, ce qui lui permettait de jouer pleinement son rôle de papi gâteau et de donner toute l'affection dont il disposait à sa famille.

Le temps passait vite, très vite, et parfois trop vite pour que l'on sache si les actions réalisées étaient bénéfiques. La qualité du travail que réalisait Benoît pour le Pair de France poussait ce dernier à lui donner plus de responsabilités. Pour autant, Benoît ne savait toujours pas comment les rebelles, dont il faisait maintenant partie, allaient s'y prendre pour que le changement radical pour lequel ils se battaient devînt une réalité. Tout ce qu'il savait, c'était que l'Italie était partie prenante dans cette opération, certainement grâce ou à cause des Médicis. De là à connaître la réelle relation que le Pair de France entretenait avec la femme du Roi Henri IV… d'ailleurs, lorsqu'il lui en parlait, sa réponse était toujours la même :

« C'est un sujet dont tu ne dois pas parler ».

Il trouvait un peu gênant de ne pas tout savoir sur le projet pour lequel il n'hésitait pas à risquer sa vie. Pour autant, il avait trop souvent baigné dans des eaux sombres et glauques pour ne pas savoir que les paroles sont parfois, et même souvent, dangereuses. Aussi, n'étant pas à l'origine du projet, il acceptait sa situation, même si… bon, en bref, il était curieux comme pas deux et ne pas savoir le poussait irrésistiblement à vouloir chercher afin de combler ce manque. Pour autant, il arrivait à se contenir.

Le matin du 2 mai 1610, tandis que la douceur printanière s'installait, le Pair de France imposa la présence immédiate de Benoît qui, depuis quelque temps, habitait dans son château. Dès qu'il entra dans son bureau, le chef des rebelles se leva et l'invita à s'asseoir en face lui, sur un fauteuil.

« Benoît, le temps est venu. Nous allons passer à l'action, la vraie, celle qui nous permettra de faire changer les choses, celle pour quoi nous œuvrons depuis si longtemps.

– Bien… et que dois-je faire ?

– Tu vas organiser la mort du Roi.

– La mort du Roi ! Rien que ça !

– Oui, je comprends que cette nouvelle soit un peu brutale, mais finalement, après celle d'Henri III, elle permettra de clore définitivement toutes les guerres de religion et de tourner la page.

– … et les Médicis assureront la régence. Mais comment, enfin quelle certitude avons-nous que la gouvernance qui sera mise en place sera favorable au peuple ?

– Effectivement, Marie de Médicis assurera la régence et si elle ne respecte pas la parole qu'elle nous a donnée, eh bien… elle ira rejoindre son mari !

– Simple et efficace. Maintenant, comment pensez-vous assassiner le Roi ?

– Nous avons la personne qui se chargera d'enfoncer la lame dans le corps du Roi Henri, il s'agit de François Ravaillac. 33 ans, l'esprit perturbé par la haine des huguenots. Il est prêt à offrir sa vie pour donner une mort qu'il qualifie de divine au Roi qui, je cite, trompe son monde.

– Est-il capable de tirer juste et bien ?

– Nous avons toujours parlé d'une dague à enfoncer dans le corps.

– Ce n'est pas le plus aisé. Est-il au moins bon bretteur ?

– Il n'a jamais mis en avant cette qualité.

- Dites-moi, au moins, que nous avons un peu de temps pour préparer la chose !

- Un peu, mais pas beaucoup… sensiblement une dizaine de jours ! Dans l'idéal, il faudrait que cela se fasse le lendemain du couronnement de Marie de Médicis, donc le 14 mai.

- Si je comprends bien, ce délai équivaut à me dire que vous voulez que ce soit moi qui prenne sa place.

- Non, surtout pas. Ravaillac va se sacrifier et vous pouvez être certain qu'il finira place de Grève. Quant à vous, soyez sûr qu'une fois fait, vous n'aurez pas le temps de vous ennuyer, vous m'êtes trop précieux.

- Pour l'instant, où se trouve Ravaillac ?

- À Aubenas, dans une auberge.

- Bien, je vais tout de suite voir de quoi il est capable. »

Il effectua le trajet sans prendre de temps de repos et arrivé sur place, il alla directement dans sa chambre. Effectivement, le Pair de France avait raison. Après les réponses aux questions que Benoît venait de lui poser, une chose était certaine, Ravaillac avait le ciboulot qui folâtrait dans les orties. Mysticisme et complotisme associés, tous les ingrédients étaient là pour envoyer ce fou furieux tuer et mourir avec plaisir. Maintenant, il fallait qu'il imaginât une méthode simple et compatible avec ses capacités pour assassiner le roi. Il n'était pas spécialement fort, mais encore agile et rapide. Une arme à feu ? Non, certainement pas, il était trop mal attentionné. Une épée ? Pas mieux, d'ailleurs il tenait ça comme un bâton. La seule possibilité était la dague. Une pointe très effilée et dont les deux côtés de la lame sont tranchants. Oui, il n'avait pas plus de questions à se poser ni d'hésitation à avoir. Maintenant, il fallait qu'il pût approcher le Roi Henri. Alors qu'il déambulait avec ses proches ou ses invités ? Inutile, il serait neutralisé avant même qu'il sorte sa dague. Dans ses appartements ? Il n'était pas suffisamment futé pour simplement passer la première garde. Après avoir passé en revue toutes les possibilités, la seule avec un pourcentage de réussite honorable était l'attaque du Roi dans sa calèche. Choisir le bon côté, un pied en appui sur la marche de l'habitacle, une main pour bloquer le bras gênant et la dague plantée en direction du cœur le plus fort possible. Bien sûr, il sera rapidement maîtrisé, mais la dague sera déjà plantée et lorsque les gardes le retireront brutalement de la marche, la dague coupera tout ce qu'elle rencontrera. Maintenant, le Pair de France a beau lui interdire d'opérer pour ne pas se mettre en danger, il lui obéira, mais peut-être pas totalement. Il se positionnera en hauteur, à distance respectable, son meilleur mousquet en main, et si Ravaillac est bloqué avant de pouvoir plonger sa lame sur le Roi, ce sera une balle de plomb qui l'enverra ad patres.

Cette solution de repli, il ne la proposa pas au Pair de France, il l'informa seulement de sa décision sans lui donner plus de précisions. Quant à Ravaillac, il se garda bien de lui dire autre chose que :

« Nous comptons sur toi, la France compte sur toi. »

Le lendemain, il le mit en situation sur la petite place devant la Tour Huguenaude. À cet endroit, faire quelque chose qui sortait un peu de l'ordinaire n'allait pas générer de questions gênantes. Une calèche, des gardes, une baudruche en guise de Roi. Au premier essai, Ravaillac glissa de la marche. Les gardes s'esclaffèrent, mais ce furent les seuls à s'en amuser. Le deuxième essai fut plus efficace, mais le plantage de dague manquait de puissance. C'est au troisième qu'il était permis de supposer que le Roi était mort. Benoit en demanda un quatrième et, là encore, le Roi fut bien transpercé par la dague. Ils étaient prêts, prêts à assassiner le Roi Henri IV par le fer, mais aussi prêts à compenser un éventuel raté.

La montée à Paris se fit en toute discrétion. Une auberge bien placée allait leur permettre de se rendre rapidement à l'endroit du régicide qui allait s'imposer à eux. Le lendemain du couronnement de Marie de Médicis, le bouche-à-oreille parisien susurrait que Sully étant souffrant, inquiet, le roi allait lui rendre une petite visite. Pour se rendre à l'Arsenal, le roi devait traverser Paris. Au premier coup d'œil, Benoît choisit la rue de la Ferronnerie. Un peu de place, mais pas trop, la nécessité d'avancer doucement, et l'avant dégagé sur un bâtiment en rénovation.

Ravaillac se mêla aux badauds curieux de voir passer le Roi tandis que Benoît prit position dans le chantier vide pour l'occasion. Le carrosse du Roi déboucha dans la rue et ralentit. La voie était en trop mauvais état pour avancer plus vite. Les gardes accompagnaient, mais pas plus que ça, rien ne laissait à penser qu'il y avait un danger. Ravaillac se décala légèrement de manière à se trouver juste devant un nid de poule plus gros que les autres. Le carrosse ralentit pour le franchir au pas. C'est à ce moment-là que, plus vif qu'il ne l'avait jamais vu, Benoît vit Ravaillac bondir sur la marche, prendre appui et plonger la dague haute sur le Roi par la fenêtre baissée. Benoît était en place, prêt à faire feu. Il distingua Ravaillac piquer le roi au moins trois fois et laisser la dague plantée lorsque les gardes le retirèrent brusquement... du beau travail.

Benoît ne traîna pas. Mort ou pas encore, mais dans le pire des cas très bientôt, il ne fallait pas rester dans le coin. Sans même repasser à l'auberge, il quitta Paris et revint au château du Pair de France.

Il le trouva dans son bureau, comme à son habitude, peut-être un peu plus tendu, mais pas plus que ça.

« Monsieur le Pair de France, la mission est terminée. Je n'ai pas encore la confirmation de la mort du Roi, mais cela ne va pas tarder. Il ne peut pas avoir survécu.

– Bien, après la nécessaire destruction, nous allons pouvoir commencer la construction de la régence. Benoît, il serait correct que vous alliez informer le père d'Églantine que vous êtes maintenant attaché à mon service. Réglez vos affaires et venez vous installer au château. »

Ce fut lorsqu'il passa devant la Tour Huguenaude que le crieur public annonça, au son du tambour, la mort du Roi Henri IV.

Les croisés de Montpezat-sous-Bauzon

En cette fin du XIIIe siècle, après la dernière croisade, le passage du Pal n'était pas gratuit, mais ça, tout le monde le savait. Toutefois, ce qui se murmurait de bouche à oreille par des gens de la région, c'était qu'outre le péage de la voie romaine qui permettait d'accéder au plateau, il en existait un autre d'une nature un peu différente.

Entre le village de Montpezat-sous-Bauzon et le prieuré des bénédictins de Saint-Chaffe, en fin d'hiver, sans faire de bruit, quelques anciens croisés s'installèrent. Ils le firent dans une bâtisse appartenant à quelqu'un qui n'était pas du coin, et qui, au dire du vieux qui en avait encore un souvenir, évaluait sa dernière visite à dix ans de ça. On ne savait pas exactement combien de soldats de Dieu étaient là. Toutefois, il était courant d'en voir deux surveiller les alentours et, plus précisément, le poste de péage positionné avant la rude montée au Pal. Jamais ils n'interféraient dans les affaires ni même ne parlaient à ceux qui passaient. Mais lorsque vous les voyiez prendre la suite d'un d'entre eux, vous pouviez être certain qu'ils allaient bientôt faire connaissance.

Toujours sous le manteau, il se disait qu'ils discutaient et finalement ne menaçaient que ceux dont les noms leur rappelaient la dernière croisade, la vraie, comme ils disaient.

Le printemps et l'été passèrent sans encombre, mais dès les premiers frimas d'automne, de nouveaux arrivants vinrent grossir leurs rangs. Ceux-là n'étaient pas du même acabit. Rustres et discourtois, ils cherchaient à s'imposer par tous les moyens. Un maraîcher voisin fut contraint de leur fournir légumes et fruits en quantité, ainsi que la viande de ses porcs afin de satisfaire leurs estomacs.

Bien sûr, cette situation ne dura pas aussi longtemps que les taxes et les impôts du roi. Rapidement, les plaintes arrivèrent chez le sénéchal. Celui-ci s'en trouva fort chagriné, car il n'avait pas en caserne les soldats nécessaires pour les mater, mais avant de demander des renforts, il se dit qu'il devait leur rendre une petite visite, histoire de bien peser la difficulté à traiter.

Une fois arrivé devant la vieille bâtisse, il aboya à qui pouvait l'entendre que le sénéchal voulait s'entretenir avec le responsable du site. Il attendit le temps de trois cocoricos puis répéta sa demande d'une voix encore plus forte. C'est juste avant qu'il décide de pousser avec autorité les portes, qu'un homme dans la force de l'âge sortit de ce qui devait servir d'écurie.

« Francis de la Blanche Cascade, je vous salue. Qui le demande ?

– Je suis le sénéchal Étienne de la Roche Noire, le gardien de la justice de ce bourg.

– Oui, et... ?

– J'ai plusieurs plaintes contre des gens de votre troupe, et j'aimerais que vous m'éclairiez sur le pourquoi du comment de la chose, car jamais auparavant vos prédécesseurs n'ont agi de la sorte.

– Et plus précisément !

– Vous menacez pour obtenir gratuitement des victuailles, ce qui n'est pas admissible !

– Dois-je comprendre que dans ce bourg, les soldats de Dieu doivent mourir de faim ?

– Comprenez que dans ce bourg, comme vous dites, comme dans les autres, vous devez respecter les lois. Et pour que les choses soient plus claires, si l'obéissance à celles-ci vous déplaît, je me verrai dans l'obligation de mobiliser des renforts pour vous arrêter, vous juger et vous condamner.

– Voyez-vous ça ! Dans ce bourg, non seulement la soumission à Dieu n'est pas une priorité, mais en plus, vous nous menacez de ne pas accepter de mourir de faim !

– Monsieur, ici, personne ne meurt de faim. Tous les gens se connaissent et font preuve de solidarité lorsque les temps sont difficiles. Mais pour y parvenir, nous ne devons pas plier devant les sangsues, d'où qu'elles viennent et quels que soient leurs statuts.

– Hum ! Des sangsues... voilà qui semble vouloir nous colorier la journée en rouge, en rouge sang. »

Sur ce, il dégaina une dague de belle facture et la posa sur la gorge du sénéchal en appuyant légèrement, juste ce qu'il fallait, pour qu'une goutte rouge apparût.

« Monsieur le sénéchal, je vous remercie de votre visite, mais je vous prie de ne plus venir nous perturber dans nos prières. Car vous voyez, c'est ce que nous faisons de jour comme de nuit afin de demander pardon à Dieu d'avoir tant tué en croisade, même si c'était en son nom. Et si vous nous voyez quelquefois dévisager les voyageurs, c'est que nous recherchons ceux qui ont profité de ces batailles sacrées pour s'enrichir. Sur ce, vous avez connaissance de tout ce qu'il vous faut savoir pour vous faire une opinion. Je vous souhaite de passer une bonne journée. »

Et dans l'instant, il fit demi-tour et retourna à ses occupations.

Le sénéchal ne s'attendait pas à être reçu tout sourire, c'était évident, mais de là à sentir la morsure d'une lame sur sa gorge !

Constat étant fait d'une agression et de mensonges répétés par le responsable de cette bande, en conséquence, le sénéchal allait devoir rendre justice.

Tout à ses réflexions, il ne rentra pas tout de suite au bourg et préféra déambuler sur le chemin de croix du prieuré. Il n'était pas sur sa route, mais lorsqu'il devait prendre une grave décision, il aimait à s'éclaircir les idées en parcourant les stations de ce magnifique lieu. Parfois, lorsque le temps se fâchait, c'était en Notre-Dame de Prévenchères, l'église du prieuré, qu'il se recueillait et réfléchissait.

De retour à son bureau, il décida d'abréger sa présence qui devait théoriquement ne durer que 2 jours par semaine, afin de réunir le nombre de soldats nécessaires pour interpeller et maîtriser sans risques l'ex-croisé et sa bande.

La météo n'étant pas de bonne compagnie, il lui fallut presque une semaine pour revenir à Montpezat fort d'une troupe de 40 soldats. Ils ne prirent que le temps de poser leur paquetage, puis ils se dirigèrent droit sur la bâtisse où devaient se trouver les ex-croisés.

Ils les rencontrèrent bien, mais pas là où ils le supposaient. Les combattants de Dieu avaient anticipé la venue de la troupe et choisi le terrain le mieux adapté à la bataille qu'ils allaient devoir mener. Ils étaient six, six guerriers habillés en croisés, comme lorsqu'ils combattaient les mécréants.

Le commandant de la troupe fit halte et préféra bien observer la scène avant de définir la moins mauvaise stratégie pour attaquer. Il savait qu'il allait devoir croiser le fer avec des guerriers, donc, contre des combattants endurcis, contre des soldats qui n'ont pas peur de mourir au combat. Il savait aussi que les soldats de sa troupe étaient loin d'avoir cette expérience, même si certains d'entre eux avaient déjà croisé le fer et envoyé ad patres des brigands. Aussi, il fallait que sa troupe les submergeât rapidement pour éviter que la bataille ne se transformât en corps à corps, type de confrontation dont aucun de ses soldats ne sortirait vivant. Il installa deux archers positionnés à 90° l'un de l'autre afin que leurs flèches ne leur nuisissent, ordonna l'affectation de trois soldats, dont un ancien, par croisé et garda les autres en réserve, prêts à aider en cas de besoin. Une fois en place, il commanda l'assaut, sachant que chaque groupe devait attendre que le croisé qu'il devait combattre se protégeât des flèches tirées par les archers. Mais alors que ceux-ci allaient bander leur arc, les croisés se regroupèrent, boucliers serrés, et reculèrent pour se libérer de l'organisation mise en place. Il était évident que les choses n'allaient pas être simples à réaliser.

La troupe avança, les croisés reculèrent. La troupe modifia son organisation, les croisés s'adaptèrent. La troupe se regroupa, les croisés s'étalèrent... durant deux heures, le commandant puisa dans ses connaissances pour faire front et stopper les croisés, si possible, sans perdre de soldats. Mais à chaque fois, les croisés réagissaient avec succès et parfois même anticipaient la future organisation de la troupe. À ce petit jeu, le commandant savait maintenant qu'il n'allait pas être vainqueur sans avoir perdu un grand nombre de ses hommes, voire que la déroute était possible.

C'est à ce moment-là que les villageois entrèrent en action. Bien sûr, depuis le début, ils observaient la scène et voyaient bien que les scélérats à l'origine de leur malheur avaient, par leur expérience, une capacité qui gênait considérablement la troupe de la justice. Aussi, un, puis plusieurs, et enfin la quasi-totalité des hommes capables de tenir fermement une fourche arrivèrent à la rescousse. Afin de ne pas être entendu des croisés, le forgeron vint parler à l'oreille du commandant et celui-ci lui répondit de la même façon. Rapidement, les hommes qui étaient rudes aux travaux se positionnèrent bien groupés, fourche à l'avant, et avancèrent pour repousser les croisés dans la bâtisse qu'ils avaient occupée sans autorisation. Une fois dans la cour, des carrioles vinrent bloquer l'entrée qui était aussi la seule sortie. Là, les archers prirent le relais et les repoussèrent à l'intérieur de la bâtisse principale à grandes volées de flèches plutôt bien tirées.

Maintenant, les discours allaient bon train. Les uns voulaient tout faire brûler avec les croisés à l'intérieur, les autres les garder ainsi jusqu'à ce qu'ils en mourussent de faim et de soif, et d'autres encore étaient riches d'idées particulièrement ignobles.

Le sénéchal imposa le silence et annonça que, bien que la situation fût un peu particulière, il allait quand même rendre justice.

Ainsi, le procès commença, les croisés retranchés dans la bâtisse et le sénéchal positionné devant la propriété. Il fut assez bref, car une fois les griefs exposés, les croisés reconnurent qu'ils avaient imposé aux producteurs de les nourrir, et ce, sans limite temporelle. Pour expliquer la situation, ils rappelèrent qu'ils étaient des soldats de Dieu et, qu'à ce titre, ils ne pouvaient pas à la fois être toujours prêts à mener un combat en son nom et, dans le même temps, effectuer tous les travaux nécessaires pour satisfaire leurs besoins en nourritures.

Le sénéchal leur rappela qu'ils n'avaient pas autorité pour imposer quoi que ce fût à qui que ce fût et qu'en conséquence, ils étaient responsables de ces rançonnements.

Ils furent condamnés à un emprisonnement de douze mois. Durant cette période, ils durent travailler sans percevoir de salaire afin de compenser la perte, et ses intérêts, des aliments ponctionnés d'une manière indue, ainsi que l'occupation sans permission d'une bâtisse qui ne leur appartenait pas. Quant au lieu de l'emprisonnement, ce fut dans cette fameuse bâtisse qu'ils furent enfermés, avec autorisations de sortie uniquement pour aller travailler.

L'auteur

Régis VOLLE

Adresse mail : volle.regis@orange.fr

En résumé, qui suis-je ?

Avant, la technique occupait pleinement mes longues journées. Écrire était un luxe qui m'était interdit... non, en vérité : que je m'interdisais ! Pourtant, l'écriture me hantait, m'obsédait, me pourchassait.

Aujourd'hui, je peux enfin vivre ma passion, et pas une de mes secondes n'échappe à ce besoin. Toutefois, lorsque je sors de mon cocon, surpris qu'il existe un monde extérieur, j'éprouve un réel plaisir à le partager avec vous !

Ma bibliographie

Romans :

« **Le Dernier Combat de l'Homme** », saga de type *roman d'aventure* en 4 tomes.

*Tome 1 : « **Les rencontres** » première parution en décembre 2016 aux Éditions Beaurepaire ; réédition avec 7écrit Éditions, parution décembre 2017.

*Tome 2 : « **La Mygale** » parution janvier 2018, avec 7écrit Éditions.

*Tome 3 : « **Sébastien'Cho** » parution mars 2018, avec Sydney Laurent Éditions.

*Tome 4 : « **Le Temps** » parution juillet 2018, avec Sydney Laurent Éditions.

« **Pourquoi la conquête de la Lune ?** », *roman sur fond historique.* Parution en novembre 2021 avec Sydney Laurent.
Était-ce pour seulement affirmer un besoin de suprématie technologique ou pour en satisfaire un autre, une évidente nécessité jamais avouée ? Seuls Marylin Monroe et JFK sont capables de répondre à cette question.

« **L'histoire des mondes** », *science-fiction.* Parution en juillet 2021 avec NomBre7 éditions.
Mondes parallèles, mondes gigognes… même les trous noirs ne sont pas ce que l'on croit.

« **Le libre-arbitre** » : Autoédition 2024. Version romancée de l'essai du même titre.

Pamphlet :
« **Clarifications et autocritiques humaines** ». Parution novembre 2017, avec 7écrit Éditions.
Je me retourne sur le chemin parcouru, et critique ce que j'y vois. Mais la critique sans propositions salvatrices n'a aucune valeur. Aussi, je vous invite à construire, ensemble, le futur de nos descendants.

Poèmes :
« **Ressentis** », *poèmes en prose, nouvelles et citations.* Parution novembre 2017, avec 7écrit Éditions.

Collection « GRIMOIRES et MANUSCRITS » :
« **Légendes du Dauphiné et des Pays de Savoie** ». Autoédition 2022.
« **Contes et Légendes d'Ardèche** ». Autoédition 2022.

« **Ardèche – Sombres histoires dont personne ne parle** ». Autoédition 2023.

« **Nouvelles Fables** ». Autoédition 2023.

« **Mathieu Versant, la puissance des contreforts des Cévennes – Isabelle et Michel, tranche de vie dans les Gorges de L'Ardèche** ». Autoédition 2024.

Biographies :
Plusieurs de réalisés, mais vous n'aurez pas accès à ces informations... et inutile d'insister, car malheureusement pour vous, je tiens toujours mes promesses !

PROCHAINEMENT :

Collection « Questions existentielles » :
Essais :
« **Le libre-arbitre** ». Voilà un sujet qui, depuis des temps immémoriaux, perturbe et questionne l'être humain !

« **L'intelligence, la conscience** ». En cours d'écriture...

Collection « GRIMOIRES et MANUSCRITS » :
« **Légendes rurales d'Auvergne – Tome 1** ». Prévision d'autoédition en 2025.

« **Légendes rurales d'Auvergne – Tome 2** ». Prévision d'autoédition en 2025.

« **Nouvelles Fables – Tome 2** ». En cours d'écriture...

Poèmes :
« **Regard sur les choses de la vie** »
« **Questions, réponses... est-ce sérieux !** »